小説家は初心な妻に
容赦なく情愛を刻み込む

m a r m a l a d e b u n k o

小日向江麻

マーマレード文庫

目次

小説家は初心な妻に容赦なく情愛を刻み込む

小説家は初心な妻に
容赦なく情愛を刻み込む

プロローグ

「紫苑《しおん》はまだ、あいつのことが好きなの？」

高級感漂うブラックのユニフォームに身を包んだスタッフが、ワインをサーブする。

そのグラスの中身を呷ったあと、深いブルーのクロスがかかったテーブルの上にそっと置き、蒼一《そういち》が意を決したように訊ねた。

「もちろん。好きに決まってる」

「もう他の誰かを好きになったりしないつもり？」

「……そうだね。多分、ないかな」

「どうして」

「知ってるくせに。私がどれだけ暁《あき》を愛していたか」

暁が帰らぬ人となってたった一年だ。忘れたりなんてできない。むしろ時間が経てば経つほど、彼が恋しくて堪らなくなる。

暁に会いたい。会って、あの優しい笑顔で私を見つめて、抱き締めてほしい。それが叶わないなら、せめて断片的にでも彼を感じられるなにかに触れたい。

そんな切望が飽和して、暁との記憶をなぞるために彼が愛してやまなかった海を訪れた。そして暁からプロポーズを受けたこのレストランで、彼との宝物のような思い出に浸っている。

「蒼一に迷惑をかけているのは申し訳ないと思ってる。暁がいなくなって、すべての気力を失った私を立ち直らせてくれたのはあなただから、感謝もしているの。……今日も暁の命日だからって一日付き合わせて……ごめんなさい」

私たち三人は、幼いころからいつも一緒だった。私と暁の関係が変わっても、私たちにとって、蒼一が大切な幼なじみであることは変わらない。けれど、こうして私の自己満足に蒼一を付き合わせ、振り回しているのは悪いと感じていた。

「俺は謝ってほしいわけでも、感謝してほしいわけでもないよ」

いつも穏やかな彼の顔が、怖いくらいに真剣だった。

「――さっき、波打ち際で話したこと、覚えてる？」

「私には、ちゃんとした生身の恋愛をしてほしいって話でしょう」

「そう」

「心配してくれる気持ちはうれしいよ。ありがとう。でもその可能性があるとしたら、ずっとずっと先の話。恋をすることに前向きになれて、私のなかにいる暁がそれを許してくれたなら」

シーグラスがちりばめられた、モザイク模様の壁面装飾に視線だけ向けながら、緩く首を横に振った。

彼のいない寂しさと悲しさで窒息してしまいそうで、他のことを考える余裕なんてない。大切な人を失うかもしれない恐怖と二度と対峙しなくて済むのであれば、いっそもう恋はしないと決めてしまってもいいのだけど——暁との思い出が輝いていればいるほど、あの胸のなかに温かく点る心強い感情と決別するのが惜しくなる。いつか私の気持ちに決定的な変化がもたらされたときのために、選択肢を残しておくべきなのかもしれない。

「なら、ほんの少しはチャンスがあるって思ってもいいんだ」

素直な気持ちを伝えると、これまでに見たどの顔よりも優しく笑った蒼一が、目を細めたまま言った。

「好きだ、紫苑」

「えっ……？」

その瞬間、私たちを取り囲む柔らかな波音が遠のいた。

「本当は黙ってるつもりだった。紫苑の傍にはいつも暁がいた。ふたりはお似合いのカップルで、俺なんかが入る余地なんて少しもなくて」

蒼一の顔が悲しげに歪んだ。彼にとって暁はいちばんの友人だったから、在りし日の親友の姿を思い出したのかもしれない。

「でも、もう暁はいない。もう紫苑に笑いかけたりしないし、抱き締めてもくれない。思い出のなかで振り返ることしかできない」

彼の右手が、テーブルの上で軽く握りこぶしを作る私の左手に伸びた。温かな感触に、心臓がとくんと音を立てる。

「――他の女なんて目に入らないくらい、ずっと紫苑だけを見てた。俺なら、もう紫苑を泣かせない。ずっと傍にいて、守ってみせる」

未だに薬指で輝きを放つ、永遠の愛情の象徴を確かめるように撫でたあと、蒼一が言った。

「だから……紫苑、ゆっくりでいいから――最初は暁の代わりでもいいから、俺を好きになって？」

想いの深さを示すかのごとく、彼の声は熱っぽく掠れていた。

予想もしなかった蒼一からの告白。それを受け止めるのに精一杯で、私は言葉を紡ぐことができないでいる――

……という、物語の転機が訪れたところで、電車が駅のホームに到着する。毎度ながら、本に夢中になっているとあっという間だ。

私は降車準備のため、開いていたページにしおりを挟むと、バッグのなかにしまった。そして大きく開いたドアから吐き出されるように、帰宅ラッシュで人が溢れているホームに降り立った。

第一章　心のオアシス、アメリカン氏

私——立花楓佳《たちばなふうか》には、お気に入りの場所がある。

自宅の最寄り駅にある、隠れ家風のカフェ、『Plumtree』。駅を出てすぐの大通りとは反対側にある住宅街の細い路地を入った先にあるそのお店は、外装こそ古民家のようだけれど、なかは木目の壁が張り巡らされており、洋風のログハウスのように見える。

大きな一枚板が印象的なカウンター席と、座り心地のよさそうなベルベットの椅子やソファが並べられたテーブル席、鈴蘭の花に見立てたシャンデリアなどの雰囲気も相まって、とても洗練された空間だ。

それなのに気負わずホッとひと息つけるのは、マスター夫妻が気さくに接客してくれるから。五十代前半だというおふたりのお客さんたちに対する距離感は、付かず離れずでちょうどよく、日々の生活のなかで無意識のうちに張り巡らしている心のバリアを取り払ってくれるような気楽さがある。常連客のなかには、私のようにこの場所を第二の自宅だと錯覚してしまっている人も多いのではないだろうか。

　このカフェを訪れる頻度は、週に三回程度。ときには平日の月曜日から金曜日まで皆勤賞だったこともある。駅から自宅までの途中にあるので、仕事が定時に終わり、取り立てて予定などない場合は、そのまま帰宅するのももったいない気がして、ついふらりと立ち寄ってしまうのだ。

　ここにやってくるとき、私はほぼ百パーセントの確率で、通勤バッグのなかに文庫本を忍ばせている。多くの場合、それは恋愛小説だ。

「こんばんは。……楓佳ちゃんは本当に読書が好きだねぇ」

お店のいちばん奥にある二人掛けのテーブル席に座ると、マスターがニコニコ顔でオーダーを取りに来た。それから彼は、すでに私の手元にスタンバイしてある一冊の本に目を落とした。本には、ヌメ革製のワイン色のブックカバーがかけられている。

　食事とお茶をオーダーしたあと、それらが出来上がるのを本を読みながら待ち、食事が終わるとゆっくりとお茶を味わいながらまた本を読む――という、ここでの過ごし方を知っているからこそ、出た台詞なのだろう。

「そうですね。特に、この作家さんは大好きです」

　私は滑らかなブックカバーをひと撫でして言う。

「ふーん。なんていう人なの？」

「久遠唯人《くおんゆいと》さんです。あの、『泣きたいくらいに愛してる』の」

「ああ、はいはい。なにか賞取ったやつだよね。ドラマとかにもなった」

「はい」

マスターが大きくうなずくと、襟足のところで束ねた白髪交じりの黒髪が小さく揺れた。私もうなずく。

久遠唯人の代表作といえば、三年前に偉大な小説家の名を冠したあの文学賞を受賞した、『泣きたいくらいに愛してる』。二〇〇万部を越えるベストセラーとなり、ドラマ化や映画化、舞台化もして、社会現象になった。多分、マスターはあまり恋愛小説を読んだりするタイプではなさそうだけど、そんな彼にも認知されているのだから、同ジャンルのなかでは最も注目されている作家のひとりだと言える。

私は彼のデビュー作からのファンで、「この人の作品は絶対に人気が出る！」と確信していたので、メディアに取り上げられてどんどん有名になっていくのがよろこばしかった。人気が出れば需要も増えるわけで、そうすれば彼の作品をもっとたくさん読むことができると思ったのだ。

彼の作品の魅力は、繊細な感情描写と、ちょっと切なくてスパイシーな展開、そして映画のように美しく印象的なデートシーンにある。特に、デートシーンには毎回、胸をときめかせている。ロマンチックでドキドキする雰囲気たっぷりで、「こんなデートができたなら」という要素が存分にちりばめられているからだ。

「マスターもよかったら読んでみてください。素敵なので」

「そうだね、そんなに推されると読みたくなるなぁ。ウチの奥さんもそういうの好きだし、買ってみようかな」

「本当ですか？　ぜひぜひ！　お貸しすることもできるので、そのときは声をかけてくださいね。どのお話もすっごく面白いです」

「よっぽど好きなんだね」

「……あ、はい」

あまりに勢い込んで私が薦めるので、マスターがおかしそうに笑った。

……自分でもその熱心さが恥ずかしくなって、照れ隠しの笑みがこぼれる。

「──あっ、ええと、今日はダージリンのファーストフラッシュと、海老ときのこのグラタンで」

伝票にオーダー内容を記入しようと、ボールペンを構えたままの彼の手元に気が付き、慌てて言った。

私のように通い詰めていると、来店時にメニューを覗くことはあまりない。今日は少し肌寒く感じたので、温かいものが食べたくなった。ダージリンのファーストフラッシュはこの五月の時季にしか飲めないので値が張るけれど、たまにはそういう贅沢もいいかな、と思って。

「はい、ありがとう。じゃあ、用意してくるね」

「お願いします」

マスターは伝票にサラサラとオーダーを書き留めると、人の好さそうな笑顔のままに頭を下げ、遠ざかっていく。

異性に苦手意識がある私にとって、マスターは緊張せずとも話せる数少ない男性だ。彼は社交辞令でああ言っただけなのかもしれないのに、自分の好きなものに興味を持ってもらえるのが純粋にうれしくて、いつもよりもテンション高く話してしまったかもしれない。

ちょっと引かれてしまったかな……変に思われないように気を付けないと。自分を戒めつつ、視線を再度手元の本に落とす。

今日のお供は、『彼と私と人魚の涙』という、久遠唯人の新刊だ。すでに結末まで読み終わっていて、ただいま二周目。彼の本は、新刊が出るたびに最低でも三回は読み直している。

お話の途中、ヒロインの紫苑とヒーローの蒼一の距離感がぐっと縮まる海辺のレストランでのシーンが好きで、ヒロインと代われたら――と妄想せずにはいられない。電車のなかでも読んでいたのだけど、ニヤニヤしないようにするのに苦労した。

十九時すぎの現在、約三十席の店内には私を含めて五人のお客さんがいた。本の世界に戻る前に、私は視線だけを動かして、三メートル先、斜め前の二人掛けのテーブル席に、こちら側を向いて座っている人物を見る。重たい木の扉を開けた瞬間から、その人がそこにいるかもしれない、とは予感していた。

――今日も顔が見られて、うれしいな。

ノートPCを広げ、画面を真剣に眺める彼を、ついつい目で追ってしまう。

その男性もこのカフェの常連で、かなりの頻度で見かける。私がここに通い始めた昨年の冬からだから、少なくとも常連歴は半年以上になるのか。私は彼をこっそり『アメリカン氏』と呼んでいる。

理由は、いつも決まってアメリカンをオーダーしているから。私の名誉のために断っておくけれど、もちろん伝票を盗み見たりはしていない。彼は滞在中に何度かコーヒーのおかわりをするため、その際にマスターが「アメリカンです」と言いながらサーブしているのを耳にした、というだけの話だ。

アメリカン氏は、とにかくきれいで整った顔立ちをしている。眉は眉尻に向かって弧を描くように形よく伸びていて、目はくっきりとした二重。シュッとした高い鼻に、ほどよい厚みのある唇。それらの存在感のあるパーツに、前髪を斜めに流した嫌味のないナチュラルショートのヘアスタイルがよく似合っている。

このお店で初めて彼を見かけたとき、あまりのカッコよさにしばらくの間、少しも目を逸らすことができなかった。以来、見かけるたびに目で追ってしまっている。

……白状すると、アメリカン氏の存在は、今やこのお店に通う理由のひとつになっている。

お近づきになりたいとまでは思わないけれど、彼は私の目の保養なのだ。普段の、変化の乏しく退屈な日常を潤してくれる心のオアシスのような。

ただ遠くから癒しをもらえればそれでいい。というか、だからこそいいのかもしれない。私の人生に少しも交わってくることはないとわかっているから、遠慮なく彼を見つめていることができるのだ。

――いつもながら、集中した様子でキーを叩くアメリカン氏。黒目がちな瞳が熱心に画面を見つめているのを盗み見ながら、「今だけディスプレイになれたら」とバカバカしいことを考える。あんな至近距離で情熱的な視線を浴びれば、心臓がバグを起こして、どうにかなってしまうかもしれないけれど。

彼の姿を見つけるときには、かならず傍らにあのPCがある。お仕事で使っているのだろうか。でも、その割には、スーツ姿を見たことがない。

今日のファッションは、白いシャツにネイビーのテーラードジャケット、ベージュのチノパン、茶色い革靴――いわゆるビジネスカジュアルといった風。ひとつひとつのアイテムがシンプルで、凝りすぎていない感じにむしろ好感が持てる。スーツ着用が義務ではないお仕事も世の中にたくさんあると知っているけれど、企業勤めの私にはちょっと新鮮だ。

平日の夜だけではなく、たまたま土曜の昼間に買い物の休憩がてら寄った際にも見かけたことがあるから、仕事が目的で滞在しているとは限らないのかも。いずれにせよ、彼も私に負けず劣らずのディープな常連だということは確かだ。

そのときふと、彼の視線がディスプレイから外れ、こちらに向けられた。そして私のそれとばっちりかち合う。慌てて俯き、手元の小説のしおりを挟んだページを開いた。

別に悪いことをしているわけではないけれど、こっそり観察していたことがバレてしまうのではと弱気になってしまったのだ。

男性と接点を持つというだけで気を張るのに、万が一、彼に話しかけられでもしたら平静でいられる自信がない。

残念だけど、今日のオアシスタイムは終了だな。アメリカン氏がこちらの存在を認識していないにしても、お店に来るたびに視界の片隅には映っているだろうから、絶対ないとは言い切れない。様子を窺っているのがバレて、不快に思われるのは絶対に避けたい。黒猫のシルエットを模した金属製のしおりをブックカバーのポケットに挟み、読書を再開する。

ああ、そうだ。電車のなかで読んでいた海辺のデートシーン。この場面、すごく素敵なんだよなぁ。

海が臨めるテラス席で、サンセットと潮騒の音が取り巻く大人っぽいムードのなか、蒼一が一途に抱き続けた想いを、紫苑に初めて打ち明ける様子が描かれている。その光景を想像すればするほど、ヒロインである彼女が羨ましくて仕方がなくなる。

――人生でたった一回きりでもいいから、私も、こんな小説みたいな恋愛ができたらいいのに。

心の内でそう願いながら、私はグラタンが届くまでの間、どっぷりと物語の世界に浸かっていったのだった。

◆◇◆

「最近、彼ってばあたしとのデートに手ぇ抜いてる気がするんだよね」

梅田《うめだ》さんがコンビニのおにぎりの個包装を解きながら、ため息とともにボヤいた。

彼女は私の直属の先輩であり、一歳年上。緩いパーマのかかった、肩までの明るめの茶髪が似合っており、おにぎりを持つその指先はいつもパール系統の品のいいネイルが施されている。

ランチタイムの一時間は、社内の小会議室のいくつかが解放されるようになっている。毎回そのうちの一室を、私たち経理課の女子社員四名が拝借しているのだ。

「えー、例えば？」

すぐに問いを投げたのは、会社近くのパン屋さんの名前が入った袋から、おいしそうなチーズパンを取り出した小嶋《こじま》さん。梅田さんの同期で、ベリーショートの黒髪という快活なヘアスタイルが、これまた似合っている。梅田さんとは、プライベートでも買い物や旅行に行く仲だ。

長机を挟んでとなり同士に座っているふたりは、自ずと向き合うような体勢になる。

「最初はさ、『これこういう話題の場所に行ってみたい～』って言ったら、頼んでないのに入念に下調べして、チケットもしっかり押さえて、なおかつ当日は同じテンションで楽しんでくれるタイプだったのね。それが最近は、家で適当な映画見たり、近所の居酒屋でご飯食べたりしたあと、お泊まりして終わり」

堰を切ったように話し出す梅田さんの言葉を反芻しつつ、小嶋さんが、「うーん」と唸った。

「確かに手、抜かれてるかもね」

「でしょ？」

「釣った魚に餌はやらないってヤツなのかな。向こうも平日は仕事で忙しいのはわかってるんだけど、あまりに落差が激しくない？」

「付き合ってどれくらいなんだっけ？」

「そろそろ半年」

「あー、じゃあ慣れてきちゃったんだね。その彼、今までは志帆《しほ》をオトすために頑張ってたのかも」

志帆というのは、梅田さんの下の名前。心当たりがあるのか、梅田さんは何度も激しくうなずいた。

「やっぱそうだよね！　あー、確信を得たら腹立ってきたっ」

「気持ちはわかるよ。とはいえ、あからさまに『手抜いてるよね？』とは訊けないよね」

「そうなの。結局今はあたしのほうが彼を好きになっちゃってるから、変なこと言って面倒だとも思われたくないし。難しいとこなんだよね」

「うーん、どうしたものかね～」

「………」

目の前で繰り広げられるふたりのやり取り。持ってきたお弁当を保冷バッグから取り出して食べる準備を進める間も話に耳を傾け、笑顔をキープする。発言はしていないけれど、きちんと聞いていますよという意思表示のつもりだ。その一方で、なんともいえない居心地の悪さを覚えていた。

先輩といえども、梅田さんと小嶋さんとは、こうして毎日ランチを一緒にするくらいには仲がいい。だから、梅田さんの話を聞いた率直な感想を、多少はこぼしたってよさそうなものだ。

でも、私にはできない。なぜなのか——それは、私に未だかつて、彼氏ができた経験がないから。

恋愛に興味がないわけじゃない。恋愛小説はあらゆる本のジャンルのなかでも最も好きだ。物語のなかのふたりがお互いへの気持ちを募らせ、成就するという展開を追いかけるのが堪らなく楽しくて、心が弾む。

けれど、それらを自分自身が経験する機会にはまだ恵まれていない。小学校から大学までずっとエスカレーター式の女子校に通っていて男性に免疫がなかったことと、どちらかというと引っ込み思案で内弁慶な性格のせいなのだろう。

でも、その言い訳が通用するのはせいぜい二十代前半まで。私も今や二十八歳。自分の行動不足が最たる原因であるのは明らかだ。会社と自宅、そして件のカフェで過ごす時間が九割以上の環境では、出会いらしい出会いもない。同窓生のなかには結婚してママになっている子だっているのに。このまま、誰かを愛することも知らないまま三十代に突入してしまうのだろうか——と、悲観的になることもしばしば。

そんな私が、他人様の恋愛に対してなにか意見するわけにはいかない。

「………」

私の横で、つぐみちゃんが私とまったく同じ表情で、無言の相槌を打っている。その表情の裏で、多少の困惑が生じていることに、私は気付いている。

なぜなら彼女も——同期の南井《みない》つぐみちゃんも、私と同じ彼氏いない歴イコール年齢の人だからだ。小柄で細身の彼女は、カラーリングをしていない黒髪を後ろでひとつに束ねていて、少女がそのまま大人になったような雰囲気がある。

集団のなかではあまり自己主張をせず、おっとりとしていて物静かな印象のつぐみちゃん。私と似ているタイプであるせいか、同期の誰よりも波長が合うので、定期的に一緒に出かけている。その目的は、本屋巡りだ。

読書が趣味だという彼女も、恋愛小説が好き。とりわけ久遠唯人の作品のファンだとわかってからは、休日を使って本屋巡りをして、お互いの好きな本を薦め合っている。つぐみちゃんが教えてくれる本はどれも好みに合致しており楽しめるので、結婚や出産、転勤などで学生時代の友人と疎遠になっている私には、気軽に遊びに誘える貴重な女友達なのだ。

「もう三十になっちゃう！」と嘆きつつもトレンドに敏感で装いの華やかな先輩おふたりに対し、私たちはよく言えば素朴で自然体。最初のころは「彼氏作らないの？」とか恋愛絡みの話を振られたりもしたけれど、ふたりして「全然縁がないんですよね～」なんて言い続けているうちに、そっち方面に興味がないと思われたみたいだ。以降、それらしい話題については積極的に振られなくなった。

……女性としてちょっと寂しい気もするけれど、いい感じになりそうな男性もいないし。かといって、そういった男性を積極的に探そうというところには至っていないので、ホッとしている部分もある。今はまだ、物語のなかで理想的な恋愛模様を追い続けるほうがドキドキするし、気が楽だ。きっとつぐみちゃんも同じ思いでいるのではないだろうか。

「ま、軽くジャブでも打っとけば？　あくまでかわいく、『家も家で楽しいけど、前みたいに遠出したりもしたいな』とか」

何度か考え込む仕草をしたあと、紙パックのカフェオレにストローを差して、小嶋さんが言った。

「あっ、それいいかも。試してみるっ」

小嶋さんのアドバイスが響いたのか、梅田さんは歌うように言うと、ビニールを剥いたおにぎりにようやくかじりついた。

「ところで楓佳ちゃんのお弁当、いつもながらおいしそうだね」

不意に、小嶋さんが私のお弁当箱の中身を眺めながら言う。もしかしたら会話に入れない私たちのために、話題を変えてくれたのかもしれない。

「あ、ありがとうございますっ」

「うん、私も思ってた！　相変わらず自炊頑張ってるんだ。偉すぎ」

お礼を言うと、梅田さんも一緒になって褒めてくれる。

「全然ですよ。中身も、昨日の夕食の残りとかですし」

「いやいや、てことは夕食は毎日自分で作ってるってわけでしょ。尊敬するなぁ」

私が両手を振ると、梅田さんはますます感心して唸ったので、恐縮してしまう。

正確に言うと毎日ではなく、カフェに寄らなかった日――だけど、そこまで細かく伝える必要もないか。

それに実際、特別なものを入れているわけじゃない。自炊する日は煮物とか、炒め物とかのメインを前日の夜に多めに作り、それに玉子焼きやらごま和えやらのちょっとしたサイドメニューと合わせ、ブロッコリー、カリフラワーなどの茹で野菜と、ミニトマトを飾っただけの、ありがちなお弁当。

――それに私には、彼氏さんがいる先輩方に比べて、自由に使える時間がたくさんあるから。……とは、切なくて言えなかったけど。

「つぐみちゃんは家でご飯作ったりする？」

「はい、休みの日とかは。平日はなんだかんだやることがいっぱいあって、ついコンビニやスーパーのお惣菜に頼っちゃってます」

梅田さんは、視線を真横にスライドさせてつぐみちゃんに問うた。つぐみちゃんはコンビニの袋からサンドイッチの包みとコールスローの入ったプラ容器を取り出し、恥ずかしそうに笑う。

「――だから、楓佳ちゃんはすごいなっていつも尊敬してるよ。なるべく作れるときは作るようにしてるって言ってたもんね。私も見習わないと」

「……あっ、ありがとう」

これといった特技やステータスのない私にとって、こうやって口々に褒められる機会は稀なので、素直にうれしい。気心の知れたつぐみちゃんからの言葉となると、実感がこもっているようでなおさらだ。私は照れながらお礼を言った。

「――つぐみちゃんも料理好きなんだよね。休みの日にはどういうご飯作るの？」

話題の中心になることに慣れないので、再びつぐみちゃんに振った。確か、以前出かけたときにそういう会話を交わした気がする。彼女はコールスローの蓋を開ける手を止めて、記憶を辿るように小首を傾げた。

「えっと……最近は肉じゃがやハンバーグとかの肉料理と……あとは揚げ物かなぁ。トンカツとか、唐揚げとか、コロッケとか……」

「揚げ物作ってんの？　それこそ偉すぎない？　肉料理はともかくとして、揚げ物なんて彼氏に頼まれても年一でやるかやらないかくらいだわ。油の処理が面倒すぎて」

梅田さんがぎょっとして訊ねる。日常的に料理をしている私も、揚げ物はできる限り回避したいところだ。たまに無性に食べたくなるときに作ったりはするけれど、おっしゃる通り後処理が面倒だし、匂いも残ったりするのが厄介だ。

「ていうか、メニューのチョイスがまさに彼氏が食べたがるガッツリ系って感じだね」

その流れで思いついたように言う小嶋さんの言葉を受け、つぐみちゃんが大きく目を瞠った。

「そ、そうですか？　自分が好きなものを作っているだけなんですけど」

そして、慌てた様子でぶんぶんと首を横に振る。

「その割に、つぐみちゃんって細いから羨ましいわ～」

「ね。その分運動してるとか？」

「いえいえっ。……そういう食事ばっかりになるのは休みの日だけなので、体形に響きにくいのかもです」

彼女の上半身からウエストにかけての華奢なラインを視線で辿る先輩方の追及を、必死になって否定するつぐみちゃん。彼女の様子に、妙な引っかかりを覚える。

やけに焦っているような……？　気のせいかな。ま、いいか。

「あたし、最近太っちゃって。痩せなきゃヤバいんだよね」

「志帆も？　私もそろそろダイエットしなきゃって思ってるんだよね。パン食べながら言う台詞でもないけど」

「あっ、じゃあ戻る前に毎回、ここでラジオ体操でもする？　真面目にやれば結構効くって聞いたことあるよ」

「本当？　今日から試してみよっかー。楓佳ちゃんとつぐみちゃんもどう？」

「いいですね」

事務仕事は身体を動かす機会が極端に少ない。運動しなきゃと思うほどの熱量は湧かないけれど、それくらいなら気軽に続けられそうな気がする。私とつぐみちゃんの声がユニゾンした。

つぐみちゃんに感じた違和感を追いかけないまま、私は和やかなランチタイムを過ごしたのだった。

◆◇◆

「ナポリタンとアッサムお願いします」

「はーい。少々お待ちくださいね」

張りのある明るい高音が『Plumtree』に響く。

本日のホール担当はマスターの奥さん。歳はマスターと同じくらいだとのことだけど、向日葵のような活き活きとした笑顔と、落ち着いたブラウンの髪の内側だけをミルクティー色に染めたスタイルが若々しくて素敵な人だ。彼女は私に頭を下げると、厨房に入っていった。

「ふう……」

私は深呼吸をしてから、小さく伸びをした。それから両方の肩を回し、長時間の業務で凝り固まった首や肩回りの筋肉を解していく。

――今日はよく働いたなぁ。

私の所属する経理課は月初と月末に業務が集中しており、なかごろはのんびり――という傾向にあるけれど、五月はそれに決算書の作成が乗っかってきて、一ヶ月を通してハードだったりする。

月、火とお店に来られなかったのが悔しかったので、水曜日こそ残り二日の活力を養うため、大好きな本を読みながらぼーっとしたかった。昼休み返上でノルマをこなし、どうにかその権利を得ることができてよかった。

週のまんなかである水曜日は、ノー残業デーとしている会社が多いせいか、世の会社員のみなさんはなにかしらの予定を入れているのだろう。他の平日よりも空いていることが多い。今日は特にお客さんが少なく、私の他にはもうひとり――例の、アメリカン氏がいるだけだった。

斜め前のテーブル席をちらりと見遣ると、そこには相変わらず熱心にノートPCのディスプレイを見つめ、キーを叩く男性の姿がある。

この店の常連は、自分の定位置を決めている。私は店内のいちばん奥の、背面と右手側が壁となるこの席に座ることにしている。後ろに誰もいないほうが、より読書に集中できるような気がするからだ。

アメリカン氏は、その斜め前のテーブルに座っていることがほとんどだ。彼を理由にこの場所を選んでいるわけではないけれど、毎回、近距離できれいな顔を眺めることができるのは特権だと思う。私と向かい合う位置関係だから、余計に。

改めてアメリカン氏の装いに注目する。今日は、白シャツにグレーのカーディガン、そして黒のスキニーパンツとスニーカーか。いつもより少しラフだけれど、スタイルのいい彼にはよく似合っている。

――そんなに真剣な顔で、いつもなにをしているんだろうか。

テーブルの上には、四周目を迎えようとしている久遠唯人の新刊がある。愛用しているヌメ革のブックカバーがかけられたそれを手に取ろうとするけれど、もう少しだけPCに向かうアメリカン氏を観察していたいと思った。

ディスプレイの白い光に照らされた彼の顔は、私が知っているどの男性よりも端整で魅力的だ。特にその瞳。猫のようにぱっちりと開かれた二重の目と、長い睫毛が美しい。

彼みたいな人がうちの会社にもいたならよかったのに——と思うけれど、すぐにその考えを打ち消した。こんなに素敵な人が常に傍にいたら、いつも目で追ってしまって仕事にならない。だからこんな風に、適度な距離感があるくらいでちょうどいい。

まさに彼の存在は、疲れた身体と心を癒すオアシス。激務のあとであることや、周囲に他のお客さんがいないこともあり、完全に気を抜いていた私は、アメリカン氏の顔をひたすらに凝視してしまう。

するとそのとき、おもむろにアメリカン氏が席を立ったので、私は反射的に彼から視線を外した。

アメリカン氏は、どういうわけか緩慢な仕草でこちらのテーブルに向かって歩いてくる。こちら側にはお手洗いも喫煙所もないというのに。

「おい、アンタ」

キュッ、とスニーカーの靴底が擦れる音のあと、私のテーブルの前で立ち止まった彼が、こちらを見下ろして言う。ちょっと低めの、芯のある声。

「はっ、はいっ……」

――えっ、『アンタ』？　……今、私に向かって『アンタ』って言った？

彼に話しかけられた驚きと、発された台詞に対する戸惑いとで、返事の声が裏返った。そんな私に構わず、彼が続ける。

「いつも俺をジロジロ見て、どういうつもりだ？　ストーカー？」

「すとー……!?」

思いもかけないフレーズが飛んできて、言葉を失う。改めて彼の顔を見上げると、明らかに不信感を抱いているというような目つきでこちらを見ていた。

――えっ、もしかしてこれまで彼を盗み見てたこと、バレてる……？

「あっ、違いますっ……！　私、全然、ストーカーとかじゃっ……！」

否定しながら、心臓がバクバクといやな音を立てている。

そんなつもりはなかったけれど、彼自身が「ジロジロと見られている」という認識なら、不快に思っても仕方ないのかもしれない。

「……そうか」

私の返事を聞くと、彼は思いのほかすんなりと納得して、踵を返した。そしてなにごともなかったかのように席に戻り、再びＰＣに向かって作業を始める。

「………」

しばらくの間、私はショックのあまりなにも考えられなかった。

え？　え？　え？

まるで、思考が金縛りにあったみたいだ。心臓が相変わらず忙しい音を立て、彼が放った短い言葉が、頭のなかをぐるぐる回っている。

それでも少しずつ時間が経つにつれ金縛りが解け、だんだんと頭が働くようになる。冷静さを取り戻すと、今度は憤りという別の感情が溢れてきた。

――そりゃあ、毎回不躾に視線を送ってた私も悪いけど……でも、あとを付けたわけでもあるまいし、あんな言い方することはないんじゃないだろうか。

初対面の人間をいきなり『アンタ』とか、『ストーカー』呼ばわりしたうえ、非難がましい視線を向けてくるなんて。

外見は素敵だと思っていたのに、中身があんなに失礼な人だったとは……ガッカリだ。考えれば考えるほど、「あんな言われ方をされる筋合いがある？」と、腹立たしくなってくる。

とはいえ直接言い返す勇気は持ち合わせていないので、せめてもの抵抗に睨みつけてやろうかと思ったけれど、またジロジロ見ているなんていう風に捉えられてしまったら困るので、よしておいた。

私も私だ。やましいことがないなら毅然とした態度でいればいいものを、不意打ちのように話しかけられた動揺で、思うように口が利けなくなってしまうなんて……情けないったら。

怒りの感情が一周したら、今度は妙に悲しくなる。

——私はいったい、彼になにを期待していたんだろう。

現実の延長線上にある非現実において、アメリカン氏は二・五次元的な存在で、大好きな恋愛小説と同様に、私のなかにときめきを運んでくれていた。

でも彼にとって、そんなことは関係ない。私が勝手に彼をオアシスにしていただけなのだ。彼がどこのなんていう名前の人で、なにをしている人なのかも知らないのに。

「お待たせしました。ナポリタンです」

「ありがとうございます」

マスターの奥さんの明るい声が、鬱屈した思考を割って入ってくる。私はお礼を言いながら、サーブされたお皿を見下ろした。鮮やかな赤。微かに焦げたトマトケチャップの香りに食欲をそそられる。

私は無言で手を合わせてから、添えられたフォークを手に取って、それを口に運んだ。おいしい。

このカフェはお茶やコーヒーもおいしいけれど、食事だって絶品だ。量も、女性でも食べきれてちょうどいいと感じる。私は、いつもよりも時間をかけて咀嚼し、味わいながらナポリタンを食べ進める。

――とても残念だけど、ここに来るのは控えたほうがいいのかもしれないな。

日々の疲れを少しでも癒すために訪れているのに、わざわざいやな思いをする必要はない。心地よい空間だっただけに名残惜しいけれど、またあんなひどい台詞を吐かれるのはごめん被りたい。

素敵なカフェはここだけじゃないのだから、探せばまた見つかるはずだ。一軒ずつ開拓していけば、いずれ読書に最適な癒しの場所に出会えることだろう。

私は密かに決意しながら、『Plumtree』での最後の晩餐を楽しんだのだった。

第二章　失礼で、変で、ちょっと面白い彼。

六月に入って最初の日曜日の夕方。ライトブルーのシフォン生地のワンピースに、クリーム色のストールを羽織り、珍しくハイヒールを履いてドレスアップした私は、電車を降り、自宅最寄り駅のホームに到着したところだった。

――お、重い……。思わず唇からこぼれそうになる言葉を堪えつつ、歯を食いしばって、左手のなかにある大きな紙袋の取っ手を持ち直す。

この重さの原因の八割が、ペアのどんぶりであることを、さっき中身を覗いて知った。カタログギフトの多い近年の式で、これほど重量感のある引き出物は久しぶりだ。デザインがかわいいことだけが救いか。

今日は高校時代の女友達の結婚式。午前十時からの挙式と、そのあとの披露宴に出席させてもらった。二次会は行われなかったので、久しぶりに会った友人たちと小一時間お茶をして、帰路についたというわけだ。

花嫁となった友人はとても幸せそうな笑顔を浮かべていて、キラキラして見えた。大好きな人と結ばれるって、これ以上ない幸せなのだろうな。恋人のいない私には想像することしかできないから、バージンロードを歩く彼女が、私の手の届かない場所に行ってしまったような感覚に陥り、よろこばしさとともに少しだけ寂しくなった。

最近は、仲良しの友達の結婚式に参列すると、そういうセンチメンタルな気分になりがちだ。この一週間だけで三回もその複雑な感情を味わっている。先週の土曜と、昨日、そして今日。よくよく思い出してみると、この半年だけでも結構な回数、結婚式に呼ばれている気がする。

私自身もそうだけど、三十歳という年齢がひとつの節目のように思えるからか、それまでに結婚したいと熱望する子が多いのかもしれない。ということは、これから先も幾度かこの思いを経験しなければいけないのか。

それにしても——疲れた。今日はよく晴れて結婚式にはおあつらえ向きだったけれど、いかんせん日差しがキツく暑かった。この時季なのに、気温は三十度近くまで上がっていて、知らない間にたくさん汗をかいた気がする。途中で購入した汗拭きシートでこまめに拭き取っていたつもりだけど、ワンピースに染みていないといいな。帰ったらすぐにクリーニングに出さなくちゃ。

近所のクリーニング屋さんは何時までやっていたっけ——と考えながら改札を出て、自宅マンションのある住宅街に続く道を歩いていく。

……やっぱり重い。どうにか気合で最寄り駅までは帰ってきたけど、ここから自宅まで十五分、暑さと重さで疲労困憊のうえ、履き慣れない八センチヒールで歩き続けるのは結構キツそうだ。

じゃあ、タクシーを使う？　……いや、でもここまで歩いて来たのにタクシーに乗るのは悔しい。それに、タクシーが多く通るのはやはり駅の傍の大通りだから、そこまで戻るのも面倒だ。

どこかで休憩するのはどうだろうか。幸い、式場までの移動に備えて、久遠唯人の小説をバッグに忍ばせてある。三十分も休めば、身体がクールダウンして歩く気力も湧いてきそうな気がする。

計ったようなタイミングで、『Plumtree』のレトロな外観が視界に飛び込んできた。三週間ほど前まで足繁く通っていたお気に入りのお店だけど、アメリカン氏にショックな言葉を浴びせられたあの日から、一度も立ち寄っていない。

——あぁ、入りたいな。あの落ち着く場所で、ゆっくり本が読みたい。

代わりになりそうなカフェをいくつか見繕い、訪ねてみたりもしたけれど、雰囲気にしても、飲み物や食事のクオリティにしても、『Plumtree』を超えるお店にはまだ巡り合えていない。

どうする？　この際だから今日だけ特別ということにして、寄ってしまおうか？

普段、アメリカン氏と会うのは平日の夜だ。土曜の昼間にも見かけたことはあるけれど、今日は日曜。さすがの彼もどこかで休みを満喫しているはずだ。

このお店に別れを告げた理由は彼がいるからで、彼と鉢合わせなければ利用したって構わないはずだ――うん。

休憩したい一心で、私は自分自身を無理やり納得させると、入り口の扉を開けた。

「いらっしゃいませ――あ、楓佳ちゃん……？」

見慣れた店内が懐かしく感じる。すぐ傍で給仕をしていたマスターが、扉の音に振り向くと、自信なさげに私の名前を呼ぶ。

「楓佳ちゃんだよね？　きれいな格好してるから見違えたよ」

「マスター、こんにちは。今日は友達の結婚式で」

普段、仕事帰りに立ち寄る際の服装は、モノトーンのブラウスとロングスカートの組み合わせがほとんど。メイクや髪型も短時間で仕上げる簡素なスタイルだけど、こういうときくらいはとメイクに時間をかけ、美容院でヘアセットをお願いした。彼がびっくりするのも無理はないだろう。

私が会釈しながら答えると、彼は納得した様子でうなずいた。

「そういうこと。最近全然見かけないから。心配してたんだよ」

「すみません。ちょっと、残業が多くて」

週の半分顔を出していたお客が急に現れなくなるのは気になるのか、マスターがホッとした風に笑みをこぼす。本当のところを言えるわけもないので、悪いと思いつつもごまかした。

「いやいや、謝ることはないけど、身体に気を付けて無理しないでね。なかへどうぞ」

「ありがとうございます」

マスターに促され、店内に入る。

扉の傍から見えたお客は、男性と女性がひとりずつ。休日なのにずいぶん空いているけれど、賑やかなよりは静かなほうが落ち着くのでちょうどいい。

そんなことを考えつつ、いつも利用する、奥のふたりがけの席に向かう途中、「えっ」と声が出そうになる。

まさかとは思ったけれど、いた。アメリカン氏が、彼の定位置に。

今日もノートＰＣの傍らにはソーサーに載ったコーヒーカップが置いてある。きっと中身はいつも通り、アメリカンだろう。

私であると気付かれないようにクラッチバッグで顔を隠しながら、素早く奥の席に移動する。向かい側の椅子にバッグや重たい紙袋を置いて席に着くと、マスターがオーダーを取りに来てくれた。披露宴でのごちそうでお腹がいっぱいだったので、紅茶だけいただくことにする。

厨房に入っていくマスターの背を見送ったあと、私はクラッチバッグからスマホと持ってきた本とを取り出し、テーブルの上に置いたあと、顔を動かさないように気を付けつつ、視線だけで斜め前の席を見つめる。

見てはいけないと思うと、余計に見たくなってしまうのが人間の性だ。あんな失礼なことを言われた手前、気が引けるけれど……これが本当に最後の来訪だと思うと、今一度彼の美しい顔を眺めておきたい気にもなったから。

「……？」

あれ、どうしたんだろう。浮かない顔をしているような……？

ＰＣのディスプレイを眺める真摯な瞳は普段通りのそれだけれど、手が全然動いていない。時折ため息を吐いたり、眉根をキツく寄せたりして、苛立たしげだ。

なにかいやなことや、腹の立つことでもあったんだろうか？　もしくは、仕事が上手くいっていない、とか？

日曜日まで仕事をしているなんて、ずいぶん忙しい人だ。いや、仕事かどうかの確証はないのか。服装も、白いシャツに黒いパンツ、革靴という、オンともオフとも取れる格好だから、そこから推察するのは難しい。

彼を悩ませている理由はわからないけれど、軽快にキーをタイプしている彼を見慣れてしまっているせいか、いつもとは違う様子が気になる。

——って、またストーカー呼ばわりでもされたら堪らない。特に今はご機嫌ななめのようだし、この場所で平穏なひとときを過ごすためにも、必要以上に意識がそちらへいかないように努めなければ。

「お待たせしました」

「ありがとうございます」

オーダーした紅茶を持ってきてくれるマスターにお礼を言う。

これが正真正銘、このカフェでの最後のティータイムだ。以前オーダーしたダージリンのファーストフラッシュがおいしかったので、迷わずそれに決めた。ラストにふさわしいチョイスだと思いつつ、緑茶にも似た爽やかな香りと味にひと息ついた私は、時間を確認するためにスマホのディスプレイを覗いた。

そろそろ十七時か。普段はなかなか集まる機会のない友人たちと過ごしていると、時間の経過を忘れてしまう。それでも解散はかなり早かったほうなのだろう。明日からまた仕事なので、地方から参列した子たちが遅くならないうちにと帰るタイミングで、みんな帰宅することにしたのだ。

楽しかったけれど、六月とは思えないほどの暑さで疲労感が倍増した。汗をかいたせいでメイクが崩れている気がして、スマホに入れている鏡のアプリで確認してみる。

……やっぱり、鼻の頭や目元のファンデが崩れている。あとは家に帰るだけだし、直さなくてもいいのだろうけれど、わずかでも見目麗しいアメリカン氏の視界に入る可能性があるなら、きちんとしておこうという気になった。自意識過剰なのは認める。

私はクラッチバッグから必要最低限のメイク道具が入ったコンパクトなポーチを取り出すと、ちょっと緊張しつつお手洗いに向かった。

というのもお手洗いへ行くには、アメリカン氏の席の前を通らなければならない。まだ彼は、私の存在に気が付いていないようだけど、すぐ傍を通ればわかりそうなものだ。近くに寄ってきたと思われて、またストーカーだなんだと騒がれたくはない。

まぁ、彼は今それどころではなさそうだから心配は無用か。私は視界の端にアメリカン氏の姿を収めつつ、その横をすり抜け——ようとしたのだけど。

「っ！」

疲れのせいで、慣れないヒールの足もとがぐらつく。「いけない」と思ったときにはもう身体が傾いていた。ポーチを放り出し支えを探すように宙を掻いた手が、運良く――いや、運悪くコーヒーを飲もうとカップを持ち上げた彼の腕に当たり、反射的に摑んでしまう。その拍子に、カップからこぼれたコーヒーが彼の白シャツの右肩から腕にかけてを茶色く染めた。

一瞬、なにが起きたのかわからなくて、私はアメリカン氏の腕にしがみついたまま、ただただ彼の顔を見つめていた。彼のほうも状況を呑み込めないでいるのか、眉間に皺を寄せた表情で私を見上げている。

「すっ……すみませんっ‼」

転倒を免れた代わりに、とんでもない代償を払ってしまったのだと認識した瞬間、血の気が引く思いで叫んだ。慌てて彼の腕を摑んでいた手を離す。その間も、彼の白いシャツに描かれた茶色い模様はどんどん広がっていく。

――どうしよう。私ってば、なんてことを……!

なにか拭くもの、拭くもの――ぱっと思いついたのは、入店時にお冷と一緒にもらう紙おしぼりだ。私は足もとに気を配りつつ素早く自分の席に舞い戻り、紙おしぼりを持ってくるけれど、この頼りない薄さでは役に立ちそうもない。

ならばと、今度はクラッチバッグから、ワンピースに合わせた淡いブルーのハンカチを取り出して拭いてみるけれど、硬めの生地は期待するほど水分を吸ってくれない。

「どうかしたの？」

私の声を聞きつけたマスターが、厨房から駆け付けてきてくれた。

「あのっ、すぐに濡れタオルをいただきたいのですがっ……」

「今持ってくるから待ってて」

私とアメリカン氏とを交互に見たマスターは、言葉にしなくとも状況を理解してくれたらしい。短く言うと、厨房のなかに戻っていった。

改めてアメリカン氏のほうに向き直る。茶色の絵の具をぶちまけたような染みは焼け石に水な応急処置のせいでむしろ存在感を増していて、無言で私を責め立てる。

「すみません、あの……本当にすみませんっ！　あ、熱くなかったですか……？」

今、私にできることはシャツの染みを拭くことと、謝罪することだけだ。しどろもどろに訊ねつつ、ハンカチで彼の肩から腕にかけてをトントンと叩くように拭き続けた。

家族以外の男性の身体に触れるのは、これが初めてだ。でも今は、そんなことを意識する余裕すら持ち合わせていなかった。

「………」

彼は一貫して押し黙ったまま、私のその行動をじっと目で追っている。感情の見えない淡々とした表情は、敢えて怒りを見せないように努めているためだろうか。

「シャツのクリーニング代、お支払いしますので——あっ、でもこんなにかかってたら難しいですかね……？　でしたら、弁償します。本当に申し訳ないです」

怯えながら、どうにかか細い声で言う。……私ってば本当にドジだ。

どうしよう、きっと怒ってるよね。というか、絶対に怒ってるはずだ。怒鳴られてもおかしくない状況だけど、そうじゃないだけマシなのかも。

「——これだ」

次の瞬間、アメリカン氏の口から発された言葉は意外なものだった。

「えっ？」

「アンタのおかげで解決しそうだ。感謝してやる」

「……？」

彼はハンカチで一生懸命に染みを拭き取る私を満足そうに見上げつつ、ニッと微笑んだ。

どういうこと？　……怒られる場面のはずが、感謝される意味がわからない。

だいたい、感謝してやるって、なんで上から？

「はい、これ。大丈夫ですか？」

理解に苦しんでいるところに、マスターが温かいおしぼりを三本持ってきてくれた。と同時に、重い木の扉を開け、お店に三人連れが入ってくる。マスターは私を手伝ってくれようとしたのだけれど、接客の邪魔をするわけにいかない。「あとはこちらでやりますので」と断りを入れ、お客さんの対応に専念してもらうことにする。

おしぼりを抱えて再びアメリカン氏に向き直ると、彼はいつものようにディスプレイに視線を注ぎ、一心不乱にキーを叩いている。

「あの……こっちのほうがきれいになると思いますので、拭いていいですか？」

「任せる」

投げるような返事は、まるでそれどころではないとでも言いたげだ。

……任せる、とは？　白いシャツがコーヒーの染みで汚れているのに、気にならないのだろうか？

変だと思いつつ、やらかしてしまったのは私なので「失礼します」と告げてから、温かいおしぼりを広げてまた上から染みを叩くように拭き始める。

――スラリとした体軀で、肌は白いのに、腕は意外と筋肉質なんだなぁ。

怒られなかったという安堵から煩悩が過った。私は頭を横に振って邪な思考を振り払いつつ、おしぼりを変えて同じ所作を繰り返す。

染みは消えなかったものの、幾分薄くなった気がする。とはいえ、これほど広範囲に染みが残ってしまっては、おそらくクリーニングに出しても元通りにはならなさそうだ。

「やっぱり弁償させていただきますね、申し訳――」

使い終わったおしぼりを、未使用のものとまとめて空席に置いてから、改めて謝罪の言葉を述べようとすると、彼は黙ったまま袖の濡れた片手を私に突き出した。

「話ならあと五分待て」

「え、あ……はい」

妙に切迫した物言いに、うなずくしかなかった。よくわからないけれど、それで彼の気が済むのであれば、いくらでも待つ心積もりだ。

私はキーボードを忙しく叩く指先を眺めつつ、床に転がったままのポーチを回収してから自分の席に戻り、彼が一段落するタイミングを待ったのだった。

「五分どころか、だいぶ待たせたみたいだな」

「い、いえ。……あの、大変失礼しました……！」

彼の向かい側の席に座らせてもらった私は、緊張しつつ深々と頭を下げた。

ほんの数分前、スマホで確認した時刻は十八時すぎ。私がシャツを汚してしまってから一時間も経過したことになる。

五分経っても、十分経っても、彼の指先がキーボードから完全に離れる気配はなかった。十五分経過したところで一度声をかけようかとも考えたけれど、あまりに集中していたので遮るのも悪いと思い、本を読みながら待つことにしたのだ。

当初の雰囲気だともうしばらくは同じ状態かも……と覚悟していたので、思ったより早めに私の存在を思い出してもらえてよかった。

「俺、なにかされたのか？」

「なにかって──それです。コーヒー」

私は十分に目視できる茶色い染みを指先で示して言った。

……驚いた。おしぼりで拭いた場所はクーラーのおかげでほぼ乾いているけれど、いくらなんでも忘れるだろうか。

「ああ」

私の指先を辿り、自身の肩口から袖にかけて模様のように走る染みを確認すると、アメリカン氏は納得した風に微かにうなずいた。

――ああ、って。リアクションが薄すぎる。

「それで、話って？」

「ですからそのシャツ、弁償させてください」

それが今の私にできる最善のお詫びだろう。ところが――

「別に必要ない」

「えっ、どうしてですか？」

「言葉通り、弁償の必要がないからだ」

彼は涼やかな表情できっぱりと言い切ると、テーブルの上のノートＰＣを片付け、足もとに置いていた黒いビジネスバッグにしまい始める。

弁償の必要がないって、どうしてだろう。私は少し考えてから口を開いた。

「そのシャツに思い入れがあって、クリーニング代のほうがよろしいということでしたら、もちろんそれでも構いません。……だとしたら、さらに申し訳ないですが」

例えばこのシャツが誰かからのプレゼントで、代わりの利かないものなのだとしたら、弁償してもらっても無意味だということ？

そういう場合でも、こちらとしてはできる限りの誠意を見せたいものだ。

しかし、彼は同じ表情のままひらりと手を振った。

「いや、本当に必要ないんだ。むしろ、こっちが礼をしないといけないくらいで」

「……は？」

私に、お礼？　……彼のほうが？

「おっしゃってる意味が、全然わからないのですが」

「だろうな」

困惑して言うと、彼はくっと喉奥を鳴らして笑ってから、傍らに置いていたコーヒーカップを手に取り、冷めた上に本来の半分ほどの分量になった中身を啜った。

「えっと……本当に、弁償しなくて大丈夫なんですか？」

「さっきからそう言ってる」

「わ、私……大変ご迷惑をおかけしているのは自覚していますけど、お礼を言われるようなことはしていませんよ？」

「そんなことない。アンタは俺にすごくいいヒントをくれた。これ以上ありがたいことはない」

「ヒント……？」

カップをソーサーに戻しつつ、彼が真顔でうなずく。

「そう。おかげで上手いこと次の展開に繋がったよ」

「次の展開、ですか……」

聞けば聞くほど、彼がなにを言っているのかさっぱりわからない。オウム返しをするばかりの私にも構わず、彼が続ける。

「今日はあんまり筆が進まなかったから助かった。締め切り間近で焦ってたのもあったが、ここまで手が止まるなんてそうそうないんだけどな」

「もしかして、作家さんですか？」

筆の進みだとか、締め切りだとか——真っ先に連想したのがそれだった。驚いて訊ねると、目の前の彼があっさりと「そうだ」と認めた。

「だから、いつもここでPCをされていたんですね」

作家という仕事は、働く時間を自分でコントロールできるイメージがある。彼を曜日や時間を問わず見かけるのにはそういう理由があったのだ。私は納得してそうこぼしたあと、慌てて「いえ」と続けた。

「——って言い方をすると、本当にストーカーみたいですよね。あのっ、本当に違うんですっ。私もこのカフェで本を読みながら過ごすのが好きなもので……だから、同じようにここでよく見かける常連さんのことが気になった、というか」

先日、ストーカー認定をどうにか免れたばかりだというのに、彼を気にしていたようなアピールをするとまたあらぬ疑いをかけられそうだ。捲し立てて弁解し、反応を窺ってみる。

「本を読むのか。ちなみに、どういうジャンルを読んでる？」

彼は怪訝な顔ひとつせずに相槌を打つのみだったので、拍子抜けした。しかも、取り繕うように出した本の話題に食い付いてくる。

……そっち？　誤解されなかったのは幸いだけど。

「私は、もっぱら恋愛小説です」

素直に答えると、彼は予想通りといった風に笑みをこぼした。

「特に、久遠唯人さんが好きです。ご存じですか？　『泣きたいくらいに愛してる』とかの」

訊ねてから、作家をしているという彼には愚問だったかもしれないと思う。案の定、彼は間髪容れずに「もちろん」と肯定した。

「とはいえ、あいにく俺の守備範囲じゃないが」

「あなたはどんなジャンルを書かれているんですか？」

「なんでそんなことを訊く？」

何気ない問いに、形のいい眉が顰められたので焦る。……え、これってそんなに変な質問だっただろうか。

「……教えていただけたら、本を買って応援出来たりできるかなと思ったので」

「へぇ、ずいぶん親切だな」

「シャツの弁償が結構だとおっしゃるなら、それくらいさせてください。でないと、私の気が済みませんから」

皮肉っぽく笑って言う彼に、他意はないことを示した。いくら彼が弁償を望んでいないのだとしても、悪いことをしてしまったことへのお詫びはさせてもらいたい。

「……ふうん」

彼は考え込むように顎に手を当てた。それから、小さく息を吐く。

「――知らないほうがいい。おそらく、アンタみたいなタイプが読むようなものではないからな」

「えっ、どうしてですか？　いいじゃないですか、教えるだけ教えてくださいよ」

そんなの、聞いてみなければわからないだろう。私は粘ってもう一度訊ねる。

彼へのお詫びを兼ねて本を購入したい――というのも本音だけれど、実際のところ、この人がどんなジャンルのどんな本を書いているのかを知りたかった。その本を読むことで、彼の人となりや考え方に触れることができそうだ、という好奇心も否定しない。

さっき服の染みを拭いているときに盗み見ることもできたんだろうけれど、失礼の上に失礼を重ねるのは気が引けて、視界に映らないように気を付けていたのだ。

「…………」

彼は試すようにじっと私の顔を見た。是が非でも教えてほしい私は、対抗するように、彼の存在感のある黒い瞳を見つめ返す。

以前、『ディスプレイになって彼に見つめられたい』なんて妄想をしていたけれど、この状況ってそれに限りなく近いものなんじゃないだろうか。彼の整った顔立ちをこんな特等席で鑑賞できるとは、怪我の功名というやつなのかも。

――なんて、意識を明後日の方向に飛ばしていると、声を潜めた彼が静かに問うた。

「他人を呪うのに最も手っ取り早い方法はなにかわかるか？」

「っ!?」

なんの脈絡もない質問に違う意味でドキリとする。彼は人の悪い笑みを口元に湛え、さらに続けた。

「呪いたい相手の身体の一部を集めて燃やすことだ。そうだな、比較的手に入りやすいのは髪の毛や爪か。そのままでも問題ないが、恨みが深い場合は藁人形の腹のなかに埋め込んだりしてもいい。そいつが苦痛に喘ぐ顔を思い浮かべながら、ひたすらに不幸を願って着火すると――」

「な、なに言い出すんですか急にっ……なんか、怖いですよその話っ……！」

至極愉快そうに瞳を細め、途中から徐々にボルテージを上げる彼の言葉を聞いているうちに背筋がぞくぞくしてきて、つい言葉を遮った。これは聞いてはいけない話だと、私の直感が告げている。

「アンタがどんなジャンルの本を書いてるか教えろというからだ。本気でご所望とあれば、懇切丁寧になんなりと説明してやる。黒魔術か、悪魔崇拝か、心霊現象か……好きなものを選べ」

「け、結構ですっ！」

アブない目つきで身を乗り出し、凄む彼の申し出をぴしゃりとはねのけた。

私みたいなタイプが読まない本とか言うから、政治経済や歴史学の類だろうかと思いきや……まさかオカルトだったとは。確かにそっち系には手を出したことがないし、今後も出すつもりはない。

「そうか、残念だ」

言葉通りの残念そうなトーンで彼がつぶやく。すんなり退いてくれたことに、内心でホッとした。

「書いているのは、そのジャンルだけですか？」

「そうだな。出版デビューしてからずっと」

「なるほど……」

つまりオカルトひとすじということか。であれば、彼の作品に触れている可能性はゼロだ。

「人知を超えた力というのは存在する。そういうものを掘り下げていくのは面白いと思わないか？」

「はあ……」

まったく共感できない内容に対し、真面目に同調を求められ、どう答えるべきか考える。とりあえず曖昧にうなずく。

「まぁ、凡人にはわからないだろうな」

「……凡人」

乗ってこない態度が面白くなかったのか、彼はしれっと暴言を織り交ぜながら、ため息とともに言った。

ストーカー疑惑をかけられたときの様子からなんとなく予感はしていたけれど、この人は変わっている。

というか変だ。さっきだってそう……私がコーヒーをぶちまけたことが彼の執筆をどのように助けたのかはわからないし、執筆内容を聞いたあとでは詳しく知りたいとも思わないけれど、汚れたシャツ——それも、より汚れの目立つ白いシャツの染みになんて目もくれず、我を忘れたように執筆に没頭するなんて。ちょっと普通じゃない。

「そ……それにしても仕事熱心なんですね。日曜日の夕方なんて、個人的にはいちばん自由でいたい時間ですよ」

とりあえず話題を彼の専門分野から遠ざけたくて、話を変えた。そんな風に思うのは、私が会社員だからだろうか。

「日曜日だからとか、そういう考えを持ったことはない。好きでやってる仕事だし、書いている時間が楽しいから」

「それでも、お休みの日を作ったりはしてるんですよね？」

「疲れているか、体調を崩しているときくらいは」

「え、その言い方だと、そうじゃなければずっとお仕事してるってことですか？」

「ああ」

「体調がよかったら、週七とかも？」

「当然ある」

想像よりもずっとハードなスケジュールだ。私は舌を巻いた。

「でも、びっちり八時間、とかじゃないですよね。午前だけ、とか、午後だけ、とか」

さらなる問いかけに、自身の行動を辿るような空白のあと、彼は首を傾げた。

「基本的には、起きてから寝るまでの間ずっとなにかを書いているな。合間に食事や身支度を挟んだり、気になる本を読んだりもするけど、それ以外は」

「…………」

会社勤めの感覚で、労働時間といえば八時間くらいだろうという基準で訊ねてしまったけれど、現実はその斜め上を行っていたようだ。

つまり、朝起きて夜寝るまでずっと、この人の頭はオカルティックな思考で満たされているということか。そしてそれを出力し続けている。

失礼ながら――よもや変を通り越して、ヤバい人なのではないだろうか？

「なんだ？　アンコウみたいな顔をして」

「い、いえっ」

ただただ圧倒されていた私ははっと我に返った。ぽかんと開けっ放しだった口元をきゅっと引き締め、慌てて否定をする。それ以前に、女性の顔をアンコウに例えないでほしい。

見た目はこんなにカッコいいのに……いろいろもったいない。私のなかでの彼の位置づけが、『イケメン』から『残念なイケメン』へと変わった。

「執筆中はずっとここに？」

「さすがにオープンからクローズまで居座るわけにもいかないから、同じように腰を落ち着けて書けるカフェを転々としてる。雰囲気が落ち着いていて居心地がいいから、結局ここに来るのがほとんどだけどな」

「わかります。このカフェ、すごく居心地がいいんですよね。リラックスできるので読書もはかどるんです。だから、仕事帰りについ寄ってしまって」

雰囲気がよくて落ち着く、というのには完全に同意する。私は大きくうなずいた。

「アンタはどういう仕事をしてるんだ？」

仕事というワードが出たからだろう。今度は彼のほうから同じ問いが返ってくる。

「私はただの会社員です。作家さんみたいに特別なお仕事をしてるわけじゃないですよ」

「いや、立派だ。決まった時間に出社して、定められた時間の分だけ働いているわけだろう」

「それって当たり前のことですよね」

世の中のサラリーマンはほとんどそんな生活をしているはずだ。もしかしてバカにされているのでは？　と考えてしまいつつそう返すと、彼は大真面目な顔で緩く首を横に振った。

「そうでもない。俺にはとてもできそうにないから」

「世間的にはみんな守ってる規律ですけど」

心底疑問に感じてそう付け加えた。労働契約書に則った定時出社と時間労働は、社会人として守らなくてはならないルールだ。それができそうにないというのは、常識を逸脱しているということに等しい。

「性格によるだろう。俺がまともに守ってる決めごとは、締め切りくらいだ」

「え、締め切りは守れるんですね」

「当たり前だろう」

――そこは意外と真面目なんだ、と思ってしまった。作家さんは締め切りを守らない人のほうが多いイメージがある。

「十分じゃないですか。どうしても間に合わないってこと、なかったんですか？」

「一度危ないときがあった。そのときは三日三晩……いや、もっとか？　とにかくひたすら書き続けていて、完成して送ったと同時に力尽きたな」

「っ、それ、大丈夫だったんですか？」

「大したことはない。目覚めたのは病室だったが、締め切りには間に合ったし、他は取るに足らないことだ」

「…………」

取るに足らないこと――なのだろうか？　……いや、絶対に違う。

この人、真面目なのか無謀なのかわからない。

よく言えば、型にはまらない人、とでも表現すればいいのか。もしくは、破天荒、とか。どちらにしても私の周囲にはいないタイプなので、ますます変な人だなぁ……という気持ちが募っていく。

最初はただでさえ若い男性ということで緊張していたうえ、彼の外見が麗しすぎるせいで恐縮して言葉に詰まってしまっていたけれど、個性的すぎる内面を目の当たりにし、『残念なイケメン』というレッテルを貼ってしまってからはその緊張も薄れ、普通に言葉を交わせるようになっていることに気付く。

「本を読むのにここを利用しているって言ってたな。恋愛小説、だったか」

そこでふと思い出したように彼が訊ねた。

「はい」

「ただの興味本位だけど、恋愛小説のどういうところが楽しいと思うんだ？」

淡々とした問いかけに、内心でムッとしてしまう。その訊き方が、まるで『俺には理解できないけど』という批判的な響きをまとっているように聞こえたからだ。誰しも、好きなものを否定されたくはない。

その不快感が表情に出てしまっていたのか。彼は少しだけ早口になって続けた。

「――誤解しないでほしいが、別に批判しようとして訊いてるわけじゃない。今言った通り、興味本位だ。恋愛小説が好きな女性は、どういうところを面白いと感じて読んでいるのか、それを知りたいと思った」

「そういうことでしたか」

彼に揶揄する意図がないと知り、心にツンと芽生えた棘が引っ込む。

確かに、オカルトと恋愛小説に共通点はなさそうだし、読者層も大きく違いそうな感じがする。自分と関わりがないジャンルのどんな部分に惹かれるのか、好奇心を抱く気持ちもわからなくはない。

「たくさんありますよ。例えば、私の大好きな久遠唯人さんの作品で言うと、ヒロインの感情描写が丁寧に描かれていて感情移入しやすいところと、激しく心を揺さぶられるような切なくてきゅんとする展開が最高です」

「なるほど、そうか」

「あとはやっぱり、読んでいて羨ましくなるくらいにムード満点のデートシーンとか……ですかね。五月に出たばかりの最新作は特によかったです。私がヒロインに代わってデートできたらどんなにいいかって、読むたびに妄想してしまいます」

──なんて熱っぽく語っても、きっと目の前の彼の興味は誘えないのだろうけれど。

案の定、彼はそれまでと同じクールな表情で「そうか」とうなずくだけに留まった。

「読むたびにと言うが、同じ本を何度も読み返したりするのか？」

「気に入った本は、最低でも三回は読み直してますね」

「三回」

彼のぱっちりとした瞳が一瞬、驚きとともにさらに大きく見開かれた。

「作家さんなら理解してくれると思いますけど、好きな物語の世界に浸れるって、幸せじゃないですか。幸せな時間は多いほうがいいので」

白い背景に躍る活字を追いかけて、その文章が頭のなかでリアリティをもって組み立てられていく快感は、なにものにも代えがたい。それが切ない恋物語ならばなおさら。私にとっての至福の時間だ。

「ふうん。よっぽど恋愛小説が好きなんだな」

「恋愛小説もそうなんですけど、とりわけ久遠唯人さんの作品は別格に好きですね」

他の作品を読むときとは違う期待感や高揚感がある。声を弾ませる私に、彼はふっと瞳を細めて微笑んだ。

「それだけ気に入ってもらえれば、作者冥利につきるな。アンタみたいな読者がいるって知ったら、書き手側も最高だろう」

「……だといいんですけどね」

その表情がとても優しく素敵に思えて、左胸が甘く疼く。

どことなく斜に構えた雰囲気のある彼が、こんな風にナチュラルな笑顔を見せてくれるとは思わなかった。不意打ちのように襲ってきたドキドキに、恥ずかしくなって視線を俯ける。

……残念ではあるけど、やっぱり抜群にイケメンだ。

「間違いない。読者からのリアクションは作家のモチベーションを上げるものだ。機会があれば、積極的に伝えてみてくれ」

私がそんなことを考えているとは気付いていないだろう彼の言葉に、心のなかで「意識しちゃだめだ」と繰り返しながら顔を上げる。

「……わ、私の言葉で久遠さんのモチベーションが上がるならよろこんでそうしたいところです。でも、機会がなくて。……サイン会があったら絶対に行くんですけど、久遠さんって一度も表舞台に出てきたことがないんですよ。顔出しもされていないので、どんな方かもわからないんですよね」

空前の大ヒット作を生み出したというのに、久遠唯人という作家については謎だらけだ。メディアには一切出てこないし、サイン会などのイベントも行っていないはず。数多いるであろうという彼のファンはみな、彼の姿を見たことがない。

年齢はおろか性別すらも確固たる情報はない。名前の雰囲気からしておそらく男性だろうと思われているだけで、実は女性でしたということもあり得る。あのヒロインの巧みな感情描写は、同じ女性だからこそ書けるものなのかも、と感じるからだ。

「顔を合わせなくても伝える方法はある。例えば、手紙を送るとか」

「ファンレターってことですよね。……でも、あれだけ有名な人だと毎日のようにたくさん届くでしょうし、目を通してもらえないかもしれないですよね」

当然、その手段を考えなかったわけではない。応援の気持ちを手紙にしたためてご本人に届けばいいけれど、一方通行なものなので伝わる確証はないのでは、と思ってしまう。

「心配しなくても、届いた手紙はかならず本人に渡っているはずだ。そしておそらくひとつひとつ目を通すだろう」

「本当ですか？」

「ああ。どんな作家でも書くことに対する意欲が落ちる瞬間がある。それを救ってくれるのが読者の反応だ。てきめんに効く」

「あなたもそういう手紙で救われることがあるってことですよね？」

「まあな」

彼がもらうファンレターってどんな感じなんだろうと気になったけれど、オカルトな内容について言及されても困るから、敢えてそれ以上は訊かなかった。

……でも、そうか。たとえ一方通行でも、私の手紙が大好きな作家の創作の後押しができるというのなら光栄だ。

「ありがとうございます、参考になりました。私、手紙を送ってみようと思います」

私がお礼を言うと、彼は穏やかな表情のままに微かにうなずいた。

現役の作家さんの言葉なら信頼できる。さっそく、明日の帰りにでも雑貨屋を覗いてみよう。敬愛してやまない久遠唯人の小説の雰囲気に合うような、美しくロマンチックなレターセットが見つかるといいのだけど。

「このハンカチ、アンタのか？」

不意に視線を落とした彼が、傍らに置きっぱなしになっていた私のハンカチを見つけて言う。品のいいブルーの生地に、白いレースを施した華やかなそれは、私の持ちもののなかで数少ないハイブランドのもの。ゆえに、ここぞというときに登板させているけれど、コーヒーの茶色がレースにまでしっかり移ってしまっている。おそらく、活躍は今日限りだろう。

「汚してしまったな」

「あ……いいんです。お気になさらないでください」

とんでもないと首を横に振った。大切に使っていたお気に入りだったけれど、もとはといえば私が転びそうになったせいなのだから、彼を責める気なんてない。それに。

「──シャツを台無しにしてしまったほうが、ずっと罪深いので」

「罪深い、か」

彼はおかしそうに笑った。それから、腕を伸ばし、コーヒーの染みの広がる部分をまじまじと見つめる。

「まあ、そうか。改めて見ると結構派手にやってくれたな」

「す、すみません……あの、やっぱり弁償しますっ」

「だから、いい。冗談だ」

申し訳なさで再度申し出てみるけれど、やはり彼はそれを拒んだ。揶揄めいた笑みをこぼしながら、私のシルエットをなぞるように視線を動かす。

「アンタの服が汚れなかったのはよかった」

「私の……？」

「せっかく似合っているドレスが台無しになるところだっただろう。おかげで、アンタだと気付くのに時間がかかった」

何気ない言葉だったけれど、心臓が甘く切ない音を立てた。

変な人認定を下したあとだったから、完全に油断していた。その顔で、そんな言葉をかけられると……無条件にうれしくなってしまう。

いつもと違う格好だから見違えた、って意味で合ってるんだよね……？

「お話し中すみません。さっきは大丈夫でした？　火傷とかは？」

なんと返事をするべきか迷っている私を救ったのは、マスターだった。私たちの座るテーブルの前で立ち止まると、まずはアメリカン氏に、気遣わしげにそう問いかける。

「大丈夫です」

「それならよかったです。染み、取れませんでした？」

茶色く染まった袖を眺め、マスターが眉を顰める。

「別に気になりませんから」

「タカムラさんらしいや」

彼の返答に心底安心したというような笑みを浮かべたマスターは、アメリカン氏らしき名前を呼んでから、今度は私のほうを向いた。

「ごめんね、楓佳ちゃん。立て続けのお客さん対応で、てんやわんやでさ。やっと落ち着いたところなんだ」

きっとマスターは、私がしでかしたトラブルの対処をすぐ手伝ってくれようとしていたのだろう。でも、ホールをひとりで回しているため、お客の波が来てしまうとそちらを優先的に対応せざるを得ない。今はたまたま、そういう時間だったようだ。

「いえ、全然。そんな忙しいときに、お手数おかけしてすみませんでした」

「とんでもない。……で、これお詫び。楓佳ちゃんは絶賛してたダージリンのファーストフラッシュ。タカムラさんはいつものアメリカンですね」

マスターは抱えていたトレンチから、私たちに淹れたての紅茶とコーヒーを差し出してくれた。

二度名前を聞いて確信する。この人、タカムラさんっていうんだ。

「もうそろそろ、帰ろうかと思ってたんですが」

「せっかくなので、よかったら飲んでいってください」

立ち上がろうとするアメリカン氏――もといタカムラさんを、マスターが快活な物言いで引き留める。

「では、遠慮なく。……アンタも、時間はあるんだろう」

「え、あ、はいっ」

マスターに頭を下げるタカムラさんが、人差し指でテーブルを軽く叩いて示す。

「――ありがとうございます、いただきます」

……この席で飲んでいっていい、ってことなんだよね、きっと。

私もマスターにお礼を言い、ありがたくごちそうになることにした。

ほんのりと湯気の立つティーカップを手に取り、淹れたてのおいしい紅茶を味わいながら、このわずかな時間に起きたできごとを反芻した。その途中、頭のスクリーンに彼が見せた優しい笑みが映し出されると、顔が熱くなる。

──タカムラさん。最初は失礼だなと思ったし、変な人ではあるけれど……思っていたよりも悪い人ではないのかもしれない。

私たちは互いのカップの中身を飲み干すまで、彼の定位置で同じ時間を過ごした。

それは存外にも楽しいものだった。

◆◇◆

不慮の事故で彼のシャツを汚した日を境に、私はまた週に三回、『Plumtree』に通うようになった。

店に行きにくくなったのはアメリカン氏──タカムラさんと顔を合わせるのが気まずかったせいだ。原因が解消されてしまえば躊躇う理由はなくなる。

やっぱりあの場所は、私にとってなくてはならない空間。会社帰りの疲れた身体と心を癒してくれる、心地いい場所に違いなかった。

──『Plumtree』の常連に戻って一ヶ月。暦は七月となり、そろそろ梅雨明けの兆しが見え始めた、とある平日の夜。

「いらっしゃいませ」

今日も今日とて、お店の扉を潜る。すると、マスターが明るい声で迎えてくれた。

「こんばんは」

「そろそろ来る時間じゃないかなと思ってたよ」

マスターが赤い玄関マットの上でちょいちょいと手招くと、私にこう耳打ちをする。

「髙村《たかむら》さん、今日もいるよ」

「そ、そうですか」

あれ以来、マスターはタカムラさん――もとい、髙村さんがいるかどうかを、毎回、来店時に教えてくれるようになった。

別に彼がいようがいまいが、私には関係ないはずなのだけど……多分、マスターは私が髙村さんに気があると勘違いしている。誤解されるようなことを言った覚えはないけれど、件のトラブルのあとふたりで話していたのを見てそういう風に捉えたのかもしれない。もしくは、普段から髙村さんに興味を持って訊いてくる女性客が多いか。

……まぁ、まったく興味がないと言えばうそになる。彼を遠くから眺めることで癒されていた時期もあったから。

でも、中身がああいう感じの人だと知って、少し見かたが変わったのも事実だ。

イケメンで素敵なのは認めるけど、私とは違う価値観や常識を持っている人で、たまに話が噛み合わない。だから、以前のようにキラキラと輝くような眩い存在とまでは認識しなくなっている。

なぜそう自覚したかと言うと——

「相変わらず暇だな」

店内の最奥——自身の定位置に向かう途中、ノートPCのディスプレイから私へ視線をくれた髙村さんが、こちらに向かって声をかけてくる。暇だなんて、ご挨拶だな。

「この時間までばっちり仕事してきたんですが」

椅子に腰を下ろして言うと、彼は唇を意地悪げに歪めて笑った。

「多忙な勤め人は退勤後こそ、飲み会やらデートやらで予定を埋めているものだろう。若い女なら特に」

「私はひとりの時間を満喫したいほうなので」

もちろん、誰かと過ごしたい人もいるだろう。そして、そちらのほうが多数派であるのはわかっている。

仲のいい職場の同僚や女友達とご飯に行ったり、映画を見に行ったりというのももちろん楽しいのだけど、平日は自由な時間が少ない分、その時間を趣味に割きたいと考えている。飲み歩きや食べ歩きが趣味の人がいるように、読書が趣味である私は、こうして落ち着いた空間で本を読むことによろこびを感じるのだ。

「ふうん」

ぼそっとつぶやく髙村さん。彼が私を見つめる眼差しに、同情の色がありありと滲んだのを見逃さなかった。

「今、寂しい女って思いました？」

「どうしてわかった？」

「わかりますよ。『目は口ほどにものを言う』って、こういうことですよね」

「女って群れて行動したがるのに、アンタにはそういう相手がいないんだろうと思って」

「本当、失礼ですよね。髙村さんって」

決めつけるような言い様も、あとに続く推測も、さほど親しいわけでもない相手に放つ台詞とは思えない。

……確かにデートに関しては、おっしゃる通りしてくれる相手がいないわけだけど。

そこは放っておいてほしい。

悔しさもあって軽口を返すと、彼はおかしそうに声を立てて笑った。

「よく言われる」

「そう思います」

「アンタもまああ失礼だよな」

「高村さんには負けますよ」

「相変わらず息ぴったりだね、ふたりとも」

テンポよく言葉の応酬を交わしていると、マスターがオーダーを取りにやってきた。その顔が妙にうれしそうだ。

「往年の夫婦漫才を聞いてる気分になるよ」

「気のせいですよ。マスター」

煽ることで私たちの距離感を縮めようとしているのだろうか。そうはさせないとばかりに、素早く否定の言葉を挟む。

「彼女が一方的に俺をストーキングしてるだけですから」

「だからストーカーじゃないですって！　前に否定して、納得してくれたじゃないですかっ」

今さら過去の誤解を引き合いに出されても。私は焦って口を尖らせた。

……ストーカー云々に関しては、あれ以来言及してくることはなかったから、高村さんの頭から完全に消えたかと思っていたのに、単に口に出さなかっただけらしい。忘れたころに掘り返してくるのはずるい。

「はいはい、仲がいいのは十分伝わってくるから、とりあえず注文を訊いてもいいかな?」

語調をやや荒らげる私を宥めるように言い聞かせつつ、マスターがボールペンを構えて促してくる。

「……今日は、カルボナーラとセイロンウバをお願いします」

「はい、承りました」

内容を手元の伝票に書き留めると、マスターは「それじゃ、邪魔したね」なんて言いながら背中を向けた。……だから、そういうんじゃないって言ってるのに。

再び通い始めたカフェで何度も顔を合わせるうちに、私と髙村さんはいつの間にか、こんな風に軽口を叩き合う仲になった。むしろ今は、マスターよりも気負わずに話せるかもしれない。

そして会話を重ねるうちに、謎の多い彼の素性も少しずつ詳らかになってきた。

髙村さん。二十代後半のオカルト作家。ファーストネームはまだ不明。苗字の漢字は『はしごだか』のほうだと妙に強調していたので、覚えてしまった。間違われるのがいやらしい。近辺にあるマンションでひとり暮らしをしている。

執筆場所に『Plumtree』を利用しているのは、以前聞いたように居心地がいいから、という理由の他に、マスターの奥様と以前に仕事上で接点があったから、のようだ。髙村さんに聞いて初めて知ったのだけど、マスターの奥様はこのお店を手伝う直前まで、大手出版社の青嵐社《せいらんしゃ》の編集部で働いていたらしい。

仕事で長居するのに、経営者が事情を知っていたほうが気が楽なのだという。マスター夫妻も「どんどんうちを使って！」というスタンスなので、髙村さんとしては大変助かっているとのことだった。

アメリカンしかオーダーしない理由も聞いた。髙村さんにとってコーヒーとは嗜好品ではなく、カフェインを摂取するためのもの。つまり、眠気覚ましだ。コーヒーにうとい私は彼に聞いて初めて知ったのだけど、ブレンドよりもアメリカンのほうがカフェインの含有量が多いのだとか。アメリカンというと、どうも薄いというイメージがあったので、彼のおかげでなんだかひとつ賢くなった気がした。

好きなものは仕事、以上。仕事に没頭するあまり、食事は一日に一回しかとらないこともざら。思わず「お腹空かないんですか？」と訊いてしまったけれど、「仕事に集中していると、空腹だと気が付かない場合が多い」と、さらに驚くような返事をされた。そんなことってあるだろうか。相変わらずの変人っぷりだ。

とはいえ、そんな突っ込みどころの多い彼のことを、悪くは思っていない。

それどころか――「仲良くなんてないです！」と、マスターには否定的な言葉を返しつつも、失礼な言動に本気でイラッとしたのは最初だけで、次第にこのやり取りを少し面白いと感じている自分がいることも、そろそろ認めなくてはいけないのかもしれない。

同年代の男性とこんなに会話が弾むのは初めてで、それが自分でも意外だった。よく行くカフェの、自分と同じ常連である彼との会話は、都内の片隅にある人材派遣会社の経理部で社会生活を営む立花楓佳とは完全に切り離されているから、気楽でいて解放感がある。彼とのやり取りを心地いいと感じるのは、普段とは違う自分になれるような錯覚に陥るからなのかもしれない。

もしかしたら、髙村さんも私に対して同じ気持ちを抱いているのではないだろうか。お仕事柄、きっとＰＣに向かっている時間がほとんどだろうから、たまには誰かとどうでもいい話がしたいなんて思うのかも。私との会話が彼の息抜きになっているのなら、お互いにプラスに作用し合っていると言える。

「――お仕事、進んでます？」

マスターが厨房に続く扉を開け、入っていく姿を見届けたあと、高村さんに問う。

「当然だ」

仕事熱心な彼の視線は、真っ直ぐディスプレイに注がれていた。言葉の通り、ことなげに彼がうなずく。

「高村さん、いつも忙しそうですよね」

執筆のペースによるので一概には言えないけれど、毎日毎日朝から晩まで仕事をし続けていられるのは、それだけたくさんのお仕事を抱えているということに他ならない。

「ありがたいことに、仕事は途切れたことがない」

「へぇ、売れっ子作家なんですね」

——オカルト界の、と心のなかで付け足す。その手のジャンルには、熱狂的なファンがつきそうだけど、彼にもそういう強力なサポーターがいるのだろうか。

「まあな」

ディスプレイを眺めたままの高村さんが、あっさり肯定した。

「謙遜しないところが憎らしいですね」

「事実だからな」

「感じ悪いなぁ、もう」

私は苦笑した。

だとしても、表面上は控えめに振る舞ってしかるべきなのでは？……なんて、彼にそういう型にはまったものを求めてはいけないか。

「髙村さんみたいな人こそ、真のワーカホリックなんですよね。お付き合いしてる女性に文句言われたりしないんですか」

中身はともかく、外見はいかにもモテそうな髙村さん。仕事が恋人とも言えなくもない彼に、デートの時間を捻出する暇はあるのだろうか。

「よく言われてた」

案の定、心当たりがあったようだ。なんの躊躇もなくしれっと答える。

「今は？」

「そういう相手はいない」

「フラれちゃったってことですか。無理もないとは思いますが」

お気の毒と思いつつ、そうなるだろうなと納得する。梅田さんや小嶋さん曰く、お付き合いをしているなら「最低でも週に一回、できれば二回はお互いに予定を合わせて会いたいよね」とのこと。日がな一日ＰＣと向き合っているという髙村さんが、週に一回ないし二回、身体を空けることができるのだろうか。

「俺だけが悪いわけじゃないだろう。仕事を少し差し置いてでも会いたいと思わせるような相手じゃなかっただけだ」

「え、まさか相手のせいだとか思ってます？」

「だったらなんだ？」

「……そういうとこも原因じゃないですかね」

呆れた、なんて高飛車な物言いなのだろう。まるで相手に魅力が足りなかったみたいに聞こえる。

「仕方ないだろう。優先順位を変えることはできないんだから、相手のほうが僅差の二位に食い込んできてもらわないことには」

「もしくは、仕事が圧倒的一位でも構わない相手を見つけるか、ですかね」

「そんな相手は存在しない。女っていうのはウサギと一緒で寂しいと死ぬからな」

「すっごい偏見ですね。女性次第に決まってるじゃないですか」

なにかいやな思い出があるのかもしれないけれど、女性という言葉でひとくくりにする表現はよろしくない。私が諫めると、彼は不服そうに顔を顰めた。

「じゃあ参考までに聞かせてもらうが、アンタだったらどう思う？　付き合ってる男が仕事が好きすぎて、そっちばっかりに夢中になって構ってくれないヤツだったら、そのまま付き合い続けていられるか？」

思いもよらずお付き合いに関する意見を求められて、一瞬たじろぐ。そもそもお付き合いの経験がないから想像でしか答えられないのだけど——いずれにせよもしもの話なのだから、あまり考えすぎず思ったまま述べればいいか。

「……少なくとも、それを理由に別れたりはしないと思います。多分その場合、お仕事が好きな彼のことを好きになっているはずなので、むしろスタンスを変えないでほしいかもです」

語尾の曖昧な表現に、未経験ゆえの自信のなさが表れてしまうけれど、斜め前のテーブルから私を見つめる髙村さんには勘付かれなかったようだ。

「本当に忙しい時期は月に一回すら会えないとしても？」

「仕事が一段落ついたところで少し会ってもらえるなら、それで十分です。あとは、構ってもらえなくても、逆に差し入れしたりとか、邪魔にならない形で励ましたりできたらうれしいかな、とか。大切な人であればあるほど、相手を尊重して、相手のペースに合わせて一緒にいたいって思います」

もし彼氏がいたとしたら、の想像ではあるけれど、本心には変わりなかった。好きな人と一緒にいられるのはうれしいし、大事な時間なのはわかるけど、お互いがもっている世界もまた大事にしなければいけないものだ。無理やりに時間を作るよりも、心と身体にゆとりがあるときに会う、としたほうが、お互いに楽しく過ごせるのではないだろうか。

「……ふうん。アンタ、変わってるな」

髙村さんに変わってると言われるのは心外だ。私のような考え方は少数派なのだろうか。

「ま、だからいろんな女性がいるってこと、覚えておいてくださいね」

あまり突っ込まれると、やぶへびになりそうだ――と案じたそのとき、私はとても重要なことを思い出して「あ」と発した。

「そうだ。これ見てくださいよ」

脇に置いていた通勤用のトートバッグのなかから、ネイビーの封筒を取り出して立ち上がり、彼の傍へと移動する。

なにごとかと顔を上げた彼の目の前に、その封筒をチラつかせる。

「髙村さんに会ったらお礼言わなきゃと思ってたんです。久遠唯人さんに手紙を送ったら、お返事をいただいて」

「そうか。よかったな」

髙村さんは封筒と私の顔とを交互に見てから、微かに笑った。

「はい！　お忙しいだろうなと思っていたので、お返事が来るなんて……それも、こんなに早く」

髙村さんからのアドバイスを受けて、作品へのあり余る愛を便箋五枚にわたって綴り、送ったのが一ヶ月前。自宅のポストに返事が届いたのが昨日。久遠唯人ご本人の手元に届くまでのタイムラグや、大注目の人気作家ゆえに多忙であることを考えると、かなり素早い対応なのではないだろうか。

本当なら、彼のすべての作品に対して感想を述べたかったところだけど、それではさすがに収まりきらないので、新刊の感想だけに絞った。

婚約者を水難事故で失い傷心のヒロイン・紫苑と、それを支える幼なじみのヒーロー・蒼一が織りなす恋模様は、今回も期待を裏切らず心ときめくお話で素敵だったこと、紫苑と蒼一が初めてデートする一連のシーンがとても心に残ったことを語らせてもらった。書いているうちにヒートアップして、「あんなデートが出来たら理想です」なんてことまで赤裸々に。

ネイビーの封筒は、裏面にクラシカルな柄が入ったおしゃれで品のいいデザイン。

淡いベージュの便箋には、私の感想に対する謝辞と、これからも書きたい題材がたくさんあるから、応援してください、というシンプルなコメントが書かれていた。

びっくりしたのは手書きだったこと。あの久遠唯人が、わざわざ手書きで返事を書いてくれるなんて、感激のあまりベッドの上で飛び跳ねそうになった。

「だから言ったろ。作家はかならずファンレターに目を通すって」

「髙村さんの言うことを聞いておいて、本当によかったです。これでしばらくの間、気分よく過ごせそうです」

私は声を弾ませ、改めてその封筒を胸に抱き締めた。その様子を見ていた髙村さんがくっと喉奥を鳴らして笑う。

「アンタは単純だな」

「単純で結構です。うれしいのは本当なので」

バカにされたところで、痛くも痒くもない。むしろ、髙村さんと話をしなければファンレターを出すこともなく、こうして返事が来ることもなかったので、なにを言われてもへっちゃらだ。

「——それより、いい加減その『アンタ』っていう呼び方、どうにかなりませんか?」

いつか言おうと思っていたことを、私はこのタイミングで切り出してみる。

「不満か？」

　すると、髙村さんは意外そうに眉を上げ、軽く首を傾げた。

「……私には、立花楓佳って名前があるんですから、いい加減、名前で呼んでほしいって意味です」

　初対面ならまだしも、互いに名前を知っている間柄なら、名前で呼び合うのが普通なのではないだろうか。私の名前は常にマスターが呼んでくれているから、そろそろ耳に馴染んでいてもいいはずだ。

「他人の名前を覚えるのは苦手なんだ」

　……そう思っていたのは私だけらしい。本人は悪びれない様子で首を横に振っている。私はがくっと身体から力が抜けた。

「年に一回くらいしか会わない人なら理解できますけど、これだけ顔を合わせていてもですか？」

　普段口数の少ない私の場合、なんなら会社の同僚よりも頻繁に言葉を交わしているような気さえするくらい。特定の組織に属していないだろう髙村さんには、余計に私の印象が強く残りそうなものなのに、ずいぶんとそっけない。

「誰にでも得意不得意はある。そのうち気が向いたら覚えるから、気長に待て」

それって、気が向かなければ覚えないってこと？

彼が私に関心が薄いだろうことは予測していたけど、わざわざ言葉にされるのは面白くない。

「はいはい、期待せずにお待ちしてますね」

私はわざと拗ねた口調で言った。きっとしばらくの間、彼が私の名前を呼ぶことはないのだろう。

――知れば知るほど、高村さんはやっぱり変だ。

この人、作家になれなかったらどうなってたんだろう。一事が万事こんな調子だと生きづらそうだし、周囲も手を焼きそうだ。……なんて余計なお世話なことまで考えてしまったりして。

なんの気なしに辺りを見渡すと、周囲のテーブルに座る女性客の視線が私と高村さんに集まっていることを知る。私が気付いたことを悟った彼女たちの眼差しが、ごまかすようにそれぞれ別々の場所に逸らされていった。

高村さんは見ての通りのイケメンだから、よくも悪くも注目を集める存在だ。私も、彼と接点がなかったころから彼の挙動を目で追っていたから気持ちはわかる。

だから、こうして彼と会話していると、彼に興味を注ぐ女性からの熱い視線を感じることは珍しくない。

女性たちのなかには一見さんもいれば、よく見かける常連客もいる。私たちの会話の細かい部分までは聞こえていないだろうから仕方がないのかもしれないけれど、「だまされてますよ！」と、彼女たちに彼の残念な中身を教えてあげたくなる。

「じゃ、お仕事頑張ってくださいね」

「ああ。アンタもせいぜい読書に励めよ」

「……せいぜいは余計ですよ」

私は彼と短い挨拶を交わして、自分の席に戻った。

変で失礼だけどちょっと面白くて、とびきりイケメンの髙村さん。彼との関係に変化が訪れるのは、それからすぐのことだった。

第三章　突然のデート、そしてキス

「──ということで、南井さんが九月末で退職されることになりました」

　七月中旬。週頭にある朝のミーティングで、つぐみちゃんが会社を辞めると聞いたときは、思わず大きな声を出してしまいそうなくらい驚いた。しかも──

「突然のことで申し訳ございません。かねてよりお付き合いしている方の地方転勤が決まりましたので、これを機に結婚する運びとなりました」

　ミーティングの進行役である課長から促され、つぐみちゃん自身が頬を赤らめながら述べる理由を聞き、頭のなかが真っ白になった。

　──えっ、結婚？　彼氏がいたことさえ知らなかったのに。……結婚？

　まるで大砲で吹っ飛ばされたみたいな衝撃だった。あまりのショックに心も身体も打ちのめされて、起き上がれない。指先がすっと冷たくなっていくような感じがする。

　その後、彼女の業務の引継ぎについて課長が話し始めたけれど、まったく頭に入ってこなかった。

「つぐみちゃんに先越されたか～」

「ねー、まさかいつの間にやら彼氏ができてて、結婚とはね！」

恒例の小会議室でのランチタイム。話題に上ったのはやはりつぐみちゃんの結婚報告と、それに伴う退職についてだ。梅田さんと小嶋さんはお互いコンビニで購入したらしき昼食を取り出す暇さえ惜しんで、つぐみちゃんを冷やかしている。

聞けば、つぐみちゃんの彼氏は五歳年上の営業マン。お互いの親友同士がカップルで、彼らがふたりを引き合わせたのだという。

交際期間は八ヶ月。梅田さんは「結婚を決めるには短くない？」と突っ込んでいたけど、そんなときに降って湧いた転勤話をきっかけに話し合い、お互いの気持ちを確認。つぐみちゃんは彼に付いていくことに決めたようだ。

「でも水くさいじゃない、ずっと隠してたなんて」

「すみません、隠していたつもりはなかったんですが……ケンカも多かったですし、伝えるタイミングを計りかねてて」

小嶋さんが冗談っぽく咎めると、真面目なつぐみちゃんが申し訳なさそうに頭を下げる。きっと彼女にもいつかは言わなければという気持ちがあったのだろうけれど、好機を見出せなかったらしい。

「ま、おめでたいからいいんだけどさっ。本当、よかったね、おめでとう！」

「おめでとう！」

「ありがとうございます。……照れますね、こういうの」

先輩ふたりが嬉々として拍手を送ると、つぐみちゃんはもう一度頭を下げた。顔を上げると、微かに赤くなっている。

「おめでとう、つぐみちゃん」

私も慌てて彼女たちに倣い、パチパチと両手を叩く。

「楓佳ちゃんも、黙っててごめんね。びっくりさせちゃったよね」

「うん、正直、すごくびっくりした」

本当は、びっくりどころの話ではない。予想していない方向からの切れ味のいい一撃たるや卒倒しそうだったけれど、同時にいつかのランチのときに抱いた違和感の理由を、やっと知ることができた気がした。

つぐみちゃんは週末、彼氏のために料理を振る舞っていたんだ。肉料理や揚げ物をよく作ると話していたのは、彼氏の好物だからだろう。

「――でも、おめでとう！　つぐみちゃんが辞めちゃうのは寂しいけど、ご主人の転勤なら仕方ないもんね」

内心の動揺を悟られないように、無理やり明るく振る舞いながら、そうか――つぐみちゃんにはご主人ができるんだな、と思う。そしてつぐみちゃん自身は奥様になるわけだ。その事実に、結婚式帰りに味わうあの寂しさが突如として襲ってくる。

――つぐみちゃんもついに、そちら側に行ってしまうのか。

「あぁ、ご主人って響き、いいなぁ。羨ましい」

「ね～。私たちも早く追いつきたいよ」

思っても口に出せなかったことを、先輩方はさらっと代弁してくれる。

「いえ、そんな……」

つぐみちゃんは両手を振って否定しているけれど、まんざらでもなさそうだ。彼女のはにかんだ顔がかわいらしいと思うとともに、なんとも表現しがたい痛みが胸に広がる。

「楓佳ちゃんのときは、ちゃんと教えてよねっ」

「そうそう。いきなり『結婚します！』はあたしたちのハートが保たないわ」

「心得ました」

私のとき――私が、誰かと結婚するとき。果たしてそんな日はやってくるのだろうか。そんな不安に駆られながら、愛想よく返事をする。

「ねえねえ、式のこととか、もう決まってるの？」

梅田さんの問いかけに「これからですね」と答えるつぐみちゃんの姿を、よくよく観察してみる。

結婚話を聞いたから、というわけではないけど、確かにつぐみちゃんはかわいくなった。

いつも飾り気のないゴムでひとつに束ねていただけの黒髪は、丁寧にブローされてハーフアップにしていることが増えたし、ポイントメイクも以前は眉とマスカラだけしかしていないと言っていたのに、最近はブラウン系のシャドウと血色感のあるチーク、オレンジ色のリップまでが標準装備だ。

そしてなにより――雰囲気が変わった。穏やかで優しそうな人となりはそのままなのだけど、それまでにはなかった芯の強さを感じるようになったのだ。言い換えるなら、自信、という言葉がいちばんぴったり填まりそうだ。

誰かに選ばれているという自信なのか、それとも好きな人に愛されているという自信なのか。いずれにしても、目には見えない内面的なものが滲んでいるということだ。

仲良しなのに全然気が付かなかった。言葉にして直接確かめたわけではないけれど、彼女と私は同じ立ち位置にいるのだと、信じて疑わなかった。

でも、違った。つぐみちゃんにはもう一生添い遂げると決めた人がいる。未だかつて、心を許せる男性と出会ったことすらない私なんかよりも、ずっと先を歩いているその現実に、やっと今気付いたのだ。

私はつぐみちゃんが好きだ。会社の同期であると同時に、友人でもある。そんな彼女だからこそ、幸せになってもらいたい。

その気持ちに偽りはないのに、彼女の報告を心の底からよろこべない。自分の料簡の狭さにつくづく嫌気がさした。

食欲なんて少しも湧かないけれど、周りに心配をかけるわけにもいかない。私はお弁当を口のなかに押し込むようにして平らげつつ、胸の内にあるモヤモヤを打ち消し、無理やりに笑顔を浮かべていた。

◆◇◆

感情の揺れが激しかったせいだろうか。その日の退勤後、『Plumtree』の扉を潜った私の顔はよほど疲れて見えたらしい。

「楓佳ちゃん、どうしたの、その顔」

「いらっしゃいませ」でも「こんばんは」でもなく、マスターの第一声はそれだった。

「え。私、そんなにひどい顔してます？」

「ひどいというか、疲れ切ってるというか。仕事、大変だったの？」

「……そういうわけでもないんですけどね」

今日の仕事で特別に大変だと思う内容はなかった。夏の賞与の支払い一覧のチェックがメインだったので、ひたすら数字と睨めっこ。そういう意味では、目を酷使したとも言えなくはないのだけど、原因はまったく別であるとわかりきっているから、深刻そうに声を潜めて訊ねてくるマスターには、曖昧な笑みを返すに留める。

「マスター、今日はバナナジュースください。できれば糖分多めで」

なかに通され自分の定位置に着くと同時に、この店のメニューを頭に思い浮かべる。そして、今の気分にいちばんフィットしそうなものをチョイスする。

「珍しいね。食事はいいの？」

「あまりお腹が空いていないので……」

普段、ここに訪れるときはかならず夕食も済ませることにしている。でも、ランチからずっと胃の上に鉛が乗っかっているかのような違和感があって、食欲が湧かない。

その代わり、うんと甘いものが飲みたくなった。バナナジュースなら多少お腹にも溜まるし、消化もよさそうだ。

「かしこまりました。とびきり甘いヤツ、用意しちゃうよ」

「お願いします」

バナナジュースを作りに厨房へ向かうマスターの背中を見つめながら、私は心の奥底に溜め込んだマイナスな感情を排出するように、ふうっと息を吐いた。

「ずいぶん盛大なため息だな」

すると、斜め前の席から苦笑交じりの感想が飛んでくる。

「髙村さん」

定位置に座る彼のテーブルには相棒のノートＰＣと、カフェイン摂取用のアメリカンが見える。それらはもはや、風景の一部だ。

「健康のためには三食しっかりとるべきだと断言していたアンタが、夕食を抜くとはな。ダイエットでも始めたか？」

なにかの折に、不健康な彼の食生活を注意したことを引き合いに出し、揶揄する髙村さん。でも。

「……あーごめんなさい、今日は言い返す余力がないみたいです……」

いつもなら軽口のひとつやふたつ、リアクションするのは容易いはずなのに、メンタルの不調によって気の利いた言葉が思いつかない。ふがいなくて、私は崩れるようにテーブルに突っ伏した。

「なるほど、疲れているのは本当みたいだ」

視界は真っ暗なので、彼がどんな顔をしているのかは知らないけれど、妙に納得した口調だった。多分、マスターと私のやり取りに耳を傾けていたのだろう。

それから少し間が空いて、硬質な靴音が近づいてくる。誰かの気配を感じて顔を上げると、向かい側の椅子にかけた髙村さんが、テーブルに両肘を乗せてこちらの様子を窺っている。

「な、なんですか？」

――いきなり近距離で男性の顔が視界に飛び込んでくるとびっくりする。それも、髙村さんの整った顔だ。黒目がちで印象的な瞳に覗き込まれた私は、ドギマギしながら訊ねた。

「なにかいやなことでもあったのか？」

「……いえ、別に」

ストレートな問いに怯み、反射的に否定の言葉を紡いだ。

「明らかに疲れているのにその原因を言わないのは、他人には訊かれたくない内容だからだろう？」

ところが、髙村さんは容赦なく切り込んでくる。彼の言う通り、引き金となったできごとを隠そうとする行為そのものが、触れられたくないのだと主張するのと同じなのかもしれない。

「仕事で失敗でもしたか」

「……もしかしてですけど、話を聞いてくれようとしてます？」

普段、私と会話を交わすなかで、こんな追及に遭ったためしはない。他人の言動に興味を示すことが少ない彼にしては珍しい。

「それ以外にどんな理由でアンタの席に来る必要がある？」

「意外に優しいところがあるんですね」

驚いた。これまでの彼の様子からして、他人の心配をしてくれるイメージは皆無だったから、つい失礼な本音が唇からこぼれる。

「辛気くさい顔で視界に入られるのも落ち着かないからな。自分のためでもある」

視線を外してわざと悪し様な言い方をするのは、照れ隠しだろうか。新鮮な反応がますます意外だ。

「ありがたいんですけど、でも……これは私個人の問題で、誰かに話して解決することでもないと思うので」

これは自分自身で乗り越えなくてはいけない問題。彼の慈悲は気持ちだけいただくことにする。私は丁重に断りを入れた。

「解決するかどうかは、話してみなければわからないだろ」

すると、髙村さんにしては少し強い口調で反論してくる。え、そこ、むきになるところなの？

「少なくとも、気持ちは晴れるかもしれない」

「……確かに」

そうなのかも、と素直に思う。たとえなにかが変わるわけではなくても、誰かに話すことで私自身がすっきりできるかも——と、妙に納得してしまった。

「あの、じゃあ……髙村さんにとっては退屈な話かもしれないんですが、ちょっとだけ聞いてもらってもいいですか？」

私は今朝のミーティングで聞いたうれしくも切ないニュースを、髙村さんに打ち明けることにした。

「彼氏すらいないと思っていた仲のいい同期が結婚して、退職することになった、か……」

「おめでたい話なのはわかっているんです——頭では。でも、心がついていかないって感じで……」

マスターお手製のバナナジュースで喉を潤しつつ、複雑にもつれた感情の糸をゆっくりと解いて、言葉にしていく。

本当はもっとよろこんであげたいのに、つぐみちゃんの報告の様子が頭を過るたびに気が重くなってしまう。私はまたため息を吐いた。

「その同期とは仲がよかったんだろ。単純によろこべないのは、地方に引っ越すことで誘いにくくなるのが寂しいからか？」

「それもあります。でも、いちばんは置いてかれた感じがするから、ですかね。ふたりとも同い年で、ずっと彼氏がいない——って、私が思ってただけなんですけど」

自分自身を冷静に客観視して辿り着いた結論。こんなこと、男性の高村さんに話すのもどうかと躊躇う反面、彼くらいに接点の薄い相手だからこそ話せる内容なのかもとも思う。ここは恥を忍んで、率直に事実を伝えることにした。

「………」

もっとバカにされたりするかと思いきや、髙村さんは思いのほか真剣に耳を傾けてくれている。つぐみちゃんのはにかんだ微笑みを思い出すと、やっぱり胸の奥が痛んだ。

「ちゃんと祝福しなきゃいけないのに、私って心が狭いなって落ち込みます。……でもこういう気持ちになるのって、初めてじゃないんです。この歳になると、周りの女友達がどんどん結婚していって、誰かの奥さんになっていくんですよ。それってすごくおめでたいことなんですけど、だんだんこちら側にいる子が少なくなって、最近は、そのうち私ひとり取り残されてしまうのでは……っていう危機感を覚えるようになりました」

「そういうことか」

髙村さんはうなずいたあと、軽く立てた人差し指を額に当てる。

「シンプルな解決法は、彼氏を作って結婚することなんじゃないのか。アンタも向こう側に行けば万事解決だろう」

「簡単に言わないでください。それができてたらこんなに悩んだりしません」

向こう岸に行きたいなら、そこにかかった橋を渡れば——というくらい気軽に言ってのける髙村さんに、口を尖らせて言う。

「……お付き合いするって、誰でもいいわけじゃないでしょう。心から素敵だな、一緒にいたいな、と思った人でないと」

「ならそういう人間を血眼になって探せばいい。世の中の半分は男だ。アンタの理想に適う男もひとりくらいは見つかるだろう。これまでだってそうしてきたんだろうし」

「………」

これまでだってそうしてきたんだろうし。脳内に反響するストレートな感想によって胸を抉られる。……これまで、ねぇ。

それが一般的な感覚なのだと痛感した。そうだよね。二十八にもなって、これまで一度も彼氏がいたことがないなんて、彼は想像もしていないか。

「やっぱり私くらいの歳だと、お付き合いの経験くらいは済ませているのが普通なんですよね」

交際経験がないという事実がひどく不名誉なことであるように思えて、口に出すかどうかを直前まで迷ったけれど——今さら格好をつけてもしょうがない。私はテーブルの木目を睨むように見つめながら、意を決して続けた。

「きっと、不安が募るのは……私にまだ彼氏ができたことがなくて、お付き合いの経験がないからだと思うんです。だからこの先、そんな相手が現れるのかどうかっているう別の不安も煽られている、というか」

ありのままを告白し、髙村さんの様子を窺う。彼の形のいい唇が、驚きを示すように微かに開いた。

「……あの、引きました？」

訊ねながら、やっぱり引くよね、と心のなかでボヤく。

「アンタ、恋愛小説が好きだって言ってなかったか」

「好きですよ、ものすごく。……あまり深く考えたことがなかったですけど、ひょっとすると自分とは縁遠いものだから憧れるのかもです。恋愛って普通は体験するものなんでしょうけど、私にとっては鑑賞するものなので」

おそらく髙村さんは、『恋愛に興味がないわけじゃないんだろう？』と訊ねたいのだと思う。興味があるなら、自らも恋をして彼氏を作るはずだ、と。

願って叶うならすでにそうしているに違いない。手の届かないものには憧れる。だから、私の目には恋愛をしている人全員が、とても眩しく映る。

「そういう関係に発展しそうな相手はいないのか？」

私は首を横に振った。

「ひとりも？」

「いません。うちの課はほぼ女性ですし、男性はすでに結婚している人ばかりです。……小学校から大学を卒業するまで女の園で、男性の友人もいないですし、知り合うきっかけがないんですよ。髙村さんみたいに目立つ容姿でもないから、声をかけられたりすることもないですしね」

思えば、家族以外の男性と関わることがほとんどない半生だった。高校までは知り合いもゼロ。大学に進学してインカレサークルの飲み会に誘われたとき、初めて男性の連絡先というものを手に入れて『こういうことが実際に起きるんだ』と感動したことを覚えている。でも、それだけ。赤の他人から知り合いに昇格するのが精一杯だった。就職してからは、職場環境もあり輪をかけてチャンスが減った。梅田さんや小嶋さんから流行りのマッチングアプリを勧められたこともあったけれど、顔を突き合わせてのやり取りではないから怖い気がして、登録する勇気が出ず、ダウンロードしただけで終わっている。

「声をかけられないなら、自分からかければいい」

「そ、そんな。できませんよ」

「どうして？」

「だって、どんな風に声をかけていいかわからないですし……私が美人だったり、話し上手だったらできるんでしょうけど、男の人と接点を持つだけでも緊張しちゃうので、難しいです」

「マスターや俺と話すときにも緊張してるっていうのか？」

「マスターは、自分よりもずっと年上だってわかってるので平気なんです。それに、男性と言うよりはお店の人という認識なので。髙村さんは――」

常識に囚われない変な人だという認識が強いから、なにを言っても許されそうな気がする。……とか、本当のことを言ったら角が立ちそうだからやめておこう。

「一度話せるようになったら、割と平気なんです。髙村さんとはお店で何度も顔を合わせて、その辺のハードルはクリアしているので」

「ふうん」

彼は納得した風にうなずくと、自分の定位置から持ってきたアメリカンを一口啜ってから、さらに続けた。

「――さっき、自分が美人だったり話し上手だったりすれば話しかけられるのに、みたいなことを言っていたが、つまり、今の自分に自信がないわけだよな」

「……まぁ、はい」

三十代が手の届くところまで来ているのに、交際経験ゼロ回。これでそっち方面にどう自信を持てばいいのか。わかりきっていることを指摘されて、心がささくれる。

「お付き合いの——いえ、多くは望まないので、せめて男性とのデートの経験が一度でもあったなら、もっと積極的になれるのかもな、と考えたことはあります。結局それがコンプレックスになっちゃってて、自信のなさに繋がってるのは自覚してます」

仮に男性と親密になるチャンスがあっても、今の私だと小さくなってしまって機会を棒に振りそうだ。

「なら、コンプレックスを潰してみるのはどうだ」

「潰す？」

「男とデートしたことがないのがコンプレックスなら、経験さえすれば解消されるわけだ。そうしたら自信がついて、恋愛に対して積極的になれるかもしれないんだろ？」

「で、ですから、さっきから言ってるように相手がいないんですって」

デートするには相手が必要だ。私の置かれている状況を理解しつつ、そんな身勝手なリハビリに付き合ってくれる人なんて、いるわけが——

「いるだろう、目の前に」

「へっ？」

髙村さんの、すらりと伸びた長い指先が、彼自身を指し示す。

「俺で構わないなら、その役を買ってやる」

「た、髙村さんが、ですか？　そんな、無理ですっ！」

多分、つぐみちゃんの結婚退職報告のときよりも驚いた。小刻みに首を横に振ると、彼はおかしそうに笑い、頬杖をついた。

「こんないい男にケチをつけるとは、いい度胸だな」

「あ、いや、髙村さんに問題があるわけじゃないですっ。……男性とデートするなんて想像しただけで、過呼吸になりそうで」

彼の観察に徹していたときは、お近づきになるなんて夢のまた夢——と思うくらいだったから、彼が相手で不満だというわけではない。純粋に、自分が男性とふたりでどこかに出かける、という図が思い浮かべられないだけで。

「そんなこと言ってるからいつまでも彼氏ができないんだ。変化を求めるなら自分から変わる努力をするべきだろう。……さっきから聞いてれば、アンタの恋愛に対する理論は酸っぱいブドウだ。『恋愛は鑑賞するもの』なんて、変化に対する恐れから生じる言い訳にすぎない」

「………」

淡々と突き付けられる正論に、なにも言い返せない。

厳しい言葉のなかに、腑に落ちるものがあった。本当は恋愛がしたいくせにできないから、『鑑賞するもの』だと割り切ろうとしていた。

男性と親しい関係を構築する方法がわからない。だから怖い。怖さを理由にして、変化しないことを選び続けているのは自分なのに。

その事実に、目を背けていた……？

「高村さんの言う通りですね。……私、自分に言い訳をして、行動することから逃げていたのかもしれません」

初めてのことをするのにはエネルギーが必要だし、失敗する可能性がつきまとう。臆病な私は変化を恐れ、ぬるま湯に浸かっていたのだ。

「アンタに彼氏ができようができまいが、俺には関係ない。でも、幸か不幸か、俺はアンタが気負わずに話せる希少な人間なんだろ。なら、それを利用しない手はないんじゃないか」

そこまで言うと、彼は佇まいを直し、真意を探るようにじっと私の目を見つめた。

「――もう一度だけ訊く。俺とデートしてみるか？」

大きな瞳には目力があって。見つめ返していると吸い込まれそうだ。

……ここで変わらなきゃ。私にも、向こう側の景色を眺めるチャンスがほしい。

「よ……よろしくお願いします」

「いい返事だ」

テーブルに両手を着いて平伏すると、髙村さんは満足げな微笑みを見せた。

「そういうわけで、次の土曜日は空けておけ。わかったな」

「は、はいっ」

――こうして私は、二十八歳にして初めてのデートの約束を交わしたのだった。

◆◇◆

土曜日までの五日間、近年で最もソワソワした時間を過ごしたのではないかと思う。

会社でも隙あらばデートのことが頭を過り、私の気を散らしてくれた。

梅田さんから「楓佳ちゃん、なんか変だよ？」と突っ込まれ、小嶋さんからは「調子悪いの？」と心配されたのはそのせいだ。よほど挙動不審だったと見える。

つぐみちゃんからは「もしかして、私が彼氏のこと黙っていたから、怒ってたりする？」と、別方向の心配までさせてしまって申し訳ない限りだ。まさか人生初のデートに緊張するあまり日常生活に支障が出ていますーーとも言えないので、この一週間は「ちょっと風邪気味で」という設定で凌ぐことに決めた。

その間、『Plumtree』へは二回訪れたけれど、いずれも高村さんとは会えなかった。マスター曰く、彼はほぼ毎日お店に現れているようだけど、今週はほとんど姿を見かけなかったらしい。

……もしかして、避けられているのだろうか。話の流れでデートせざるを得なくなったけれど、やっぱり面倒だと思い直したから、約束を反故にするために顔を合わせないようにしている、とか。

まぁ、そうだよね。彼のように優れた容姿の人には、素敵な女性が集まってくるだろうし、わざわざ彼氏いない歴イコール年齢の女とデートするメリットがない。

ほんのちょっと落胆した反面、大きく胸を撫で下ろす自分もいた。どうにか状況を変えなければと、かなりのスピード感でデートが決まったわけだけど、やっぱり尻込みする気持ちは残っていたから。

デートの約束を取りつけた日、すでに高村さんとは連絡先の交換を済ませていたので、予定を確認しようと思えばできたのだけどーーそういう弱気が顔を出したせいで、敢えてこちらからは連絡を控えた。向こうからもなにもアクションがなければ、デートの話すらなかったことにできるかもしれない、と思って。

しかし、よろこんでいいのか悪いのか、金曜日の夜、就寝前に連絡があった。正確に言うと、連絡に気が付いたのが就寝前だったのであり、実際は夕方に届いていたみたいだ。

『明日は十四時に駅前のロータリーで待ってて』

要件のみの簡潔な文章は、ウェブメールから。このSNS全盛期に、髙村さんはメッセージアプリを使用していないと言うので、彼には普段ほとんど使用することない携帯キャリアのメールアドレスを教えた。だから確認するのが遅くなったのだ。

――ああ、これで明日のデートがいよいよ現実味を帯びてきたわけだ。もしかしたらキャンセルになるかもという想いが打ち砕かれ、途端に激しい緊張が襲ってくる。

私は震える手で「わかりました。よろしくお願いします」と返信をしてベッドに潜った。

当然ながら、その夜はまったく眠れなかった。

翌日の十三時四十五分。約束の時間の十五分前に指定の場所に到着した私は、すぐ傍にあるアパレル店のガラス張りの壁に映る自分の姿をチェックする。

服装については、デートに誘われたその日から悩みに悩んだ。頑張りすぎても「気合入れすぎ」と笑われてしまいそうだし、手を抜きすぎても「やる気あるのか？」と呆れられそう。ファッションにうとい私には、間を取るなんて要領のいい真似はできない。

どうせなにか言われるなら、ベストを尽くした形でのほうが納得できる。私が持っている服のなかでいちばん高見えする、白地にイエローの花柄のシックなワンピースに決めた。それにブラウンのカゴバッグと、同色のウェッジソールのサンダル、今日は夏らしく日差しが強かったので、つばの大きく広がったストローハットを合わせる。ヘアスタイルは帽子に合わせて緩めの三つ編みにした。ヘアアレンジなんて普段はまずしないけれど、近ごろは検索すれば私みたいな不器用さん向けに丁寧に解説してくれる動画が見つかったりする。『五分で三つ編み完成！』というタイトルにもかかわらず、完成まで三十分以上かかった事実に「宣伝に偽りありでは？」と思うけれど、それくらいは大目に見よう。

メイクも結婚式のときと同様に、しっかり目に。使用するアイテムはいつもと同じなのに、丁寧に仕上げるとそれなりに見えるものだ。今日は珍しくアイラインが上手くいったのもあり、あかぬけて見える——とか、自画自賛する。

上から下までパーツごとにチェックをして、最後に全身のバランスを見る。うん。素材の割には、悪くない仕上がりなんじゃないだろうか。普段よりもぐっと女性らしい自分に満足して、無意識のうちに笑みがこぼれる。その直後、店内にいる若い女性の店員さんと目が合った。

──恥ずかしい。この人、なに自分の姿を見て笑ってるんだろうって思われたかな。

彼女のリアクションを見るより先に、回れ右をした。

「ひっ！」

振り返ると、そこに髙村さんがいた。

「化け物でも見たような声を出すな」

「す、すみません……失礼しました」

シンプルに驚いた。そこにいるとは思わなかったから。

カフェではない場所で髙村さんと会うのは初めてだ。人々が賑わう、休日の駅前で彼と対面しているのは変な感じがした。

髙村さんは袖を捲った白いシャツにネイビーのパンツ、黒のスリッポンを合わせていて、相変わらず嫌味のない清潔感溢れる装いだ。トップスの白の登場回数が多いところを見るに、彼の好みなのかもしれない。

「本当に来てくれたんですね」

「どういう意味だ？」

「いえ……今週、カフェでお見かけしなかったから、もしかしたら忙しいのかと」

昨日までは、私とのデートの約束をうやむやにするために距離を置きたいのかと思っていたけれど、こうして果たしてくれたとなれば、本当の理由を聞きたくなる。言葉を選んで控えめに訊ねると、髙村さんは一瞬考えてから微かに笑った。

「仕事が詰まってただけだ。それより、早く乗れ」

「乗れ」との言葉に車道側を見た。そこには、白い車が止まっている。

「それ、髙村さんの車ですか？」

「そうだ」

「……運転できるんですね」

「俺をバカにしてるのか？」

あからさまに不機嫌な口調になる髙村さん。

「あっ、決してそういうわけでは」

さすがに大の大人に失礼すぎる台詞だったかと反省する。……どうも彼は常識に囚われないところがあるから、ルールを守ることで成立する事柄をこなすイメージが湧きにくいのだ。

「まあいい、とりあえず乗れ。話す時間は十分ある」

髙村さんはそう言いながら、手入れの行き届いたピカピカの車の前に移動する。

「は、はいっ」

さっそく、車に乗り込もうとする。と。

「おい、待て」

後部座席のドアに手をかけた瞬間、ストップがかかった。

「考えろ。こういうときは助手席に乗るだろ」

「あっ……」

すっかりタクシーに乗るときの感覚だった自分を恥じた。……そうか。デートなんだから、普通はとなり同士で座るものなのだ。

「面白い女だな」

「……すみません、慣れていないもので」

まるでコントのようなボケに呆れられたかもとびくびくしたけれど、髙村さんは言葉通りに笑っているだけだった。

今度こそと助手席のドアに手を伸ばそうとしたところで、彼が先にそのドアを開けてくれた。

「ほら」

……？　これって「どうぞ」ってこと？

「どっ……どうも、ありがとうございます」

なぜずっと助手席側に立っているのだろうとは不思議に思っていたけれど、私をエスコートしてくれるためだったのか。

女性として扱われていることに戸惑いとうれしさが綯い交ぜになった複雑な感情を覚えつつ、彼がこんなことをするタイプには見えなかったので、ほんの少しだけ胸が甘苦しくなった。

車内は涼しくて快適。車にはまったく詳しくないけれど、左ハンドルの車が外車だということは辛うじて知っている。シートも革張りで、高級感が漂っていると感じた。ということは、高価な車なのかな。ハンドルの中央に刻まれたエンブレムも、普段街中ではあまり見かけることのないデザインだ。

「ベルト」

脱いだ帽子を傍らに置きつつ、高村さんは車に詳しいのかな――なんて考えていると、いつの間にか運転席でスタンバイしていた彼が短く促す。……いけないい、シートベルトを締めなきゃ。

ほどなくして、車が走り出した。オーディオはFMが選択されているらしく、洋楽のナンバーが流れている。初めて聞く曲だ。

「あの、髙村さん。今日はどこに行くんですか？」

「さあな」

なかなか鎮まらない心臓の音をごまかすために質問すると、彼はとぼけて答えた。

デートコースは彼に一任してある。初めてのデートでどこに行くのが一般的なのか知らないから、経験者である彼に従っておけば間違いないと思ったのだ。

けれども、私は彼に選択肢を持たせたことを後悔し始めていた。

「そろそろ教えてくださいよ。心の準備もあるので」

ちょっと怯えながら訊ねたのは、髙村さんがオカルト好きであることを知っているからだ。彼の提案が廃墟や心霊スポットなどでないことを祈っているけれど、彼の性格ならば選びかねない。

久遠唯人の小説の世界のように、ムード満点のデート……なんて図々しい要求はしないけれど、最低限、恐怖ではなくときめきのドキドキを味わえるものであってほしい。

「安心しろ。訪れるのに気合が必要な場所じゃない」

「それならよかった」

頭のなかに浮かんでいたおどろおどろしい想像にバツ印を付け、安堵する。

「いったいどこを想像してたんだ」

「……その、例えば髙村さんが好きそうな、心霊スポットとか」

「そんなところ選ぶわけがないだろ」

「髙村さんなら可能性あるかな、と思ったので」

「ひどい言われようだ」

ハンドルを操作する髙村さんの顔をちらりと覗き見る。リラックスした様子で笑う彼は、運転に慣れているみたいだった。一日のほとんどを書くことに費やしているという彼だけど、普段も気分転換で乗ったりしているのかもしれない。

「――まあいい。今日の夜にはアンタの俺に対する評価が一転していることを祈るよ」

「期待してます」

デートといっても、私たちの間に流れる空気にこれといった変化はないようでホッとした。

私たちは普段『Plumtree』でそうしているように、他愛ない会話を交わしながら、少しの間ドライブを楽しんだのだった。


「到着――ということは、目的地は海だったんですか？」

駐車場に車を止めると、換気のために薄く開けた窓から、潮の匂いが漂う。

「夏と言えば、だろう」

「はい。私、結構好きです！」

水着で泳いだり、アクティビティを満喫――なんていうのは学生時代以来していないけれど、きれいな海を眺めたり、波音に耳を澄ませたり、風景の一部としての海は心が落ち着く感じがする。

それに、最近のお気に入りの『彼と私と人魚の涙』――久遠唯人の新刊も、海や海辺のレストランがお話の舞台として描かれているから、余計にうれしく感じるのかもしれない。

「それはよかった」

高村さんはシートベルトを外しながら言うと、一足先に車を降りて、助手席側に回ってくる。そして、ドアを開けた。

「……ありがとうございます」

さっきもそうだったけど、なんだか照れる。こういうのが初めてだから、どんな顔をしたらいいのかわからない。

車から降りると、街中よりも日差しが強く感じた。帽子を被り、コンクリートの杭のようなもので区切られた簡素な駐車場を出る。

そこに現れる石の階段を下った先には、太陽に照り付けられたキャラメル色の砂浜と、広大な青い海が広がっていた。七月の半ばをすぎたというのに、見える人影はまばらだ。

「今日は思ったより空いてる。ラッキーだ」

その景色を見渡して髙村さんが言う。

「そうなんですね」

「もともと穴場ではあるんだが、それでもこの時季は混雑してる場合が多いんだ」

「へぇ。詳しいんですね」

「一時期よく来てたからな。最近は、全然だけど」

うなずきを返しながら、もしかしてお付き合いしていた女性とのデートだろうか、と考える。車で海までドライブ。そのフレーズだけでデート感満載で、とても素敵だ。

先日聞いた、お仕事が忙しいせいで別れた彼女と、この場所に一緒に訪れていた女性とは、同一人物なのだろうか。

「この階段、急だから少し気を付けて」

「あっ、そうですね──っと、と」

余計なお世話な考察を繰り広げていると、彼が視線の先で足もとを示した。表面がでこぼこしている石の階段は、ウェッジソールの平らな底ではバランスが取りにくくて、フラついてしまう。

「摑まって」

「えっ、あ……はいっ」

ヒヤッとした刹那、ごく自然な所作で、高村さんの手が私のそれを取った。そして、私のペースに合わせてゆっくりと階段を降り始める。

えっ──手っ……!

「平気か？」

心のなかで驚きのあまり叫んでいると、短く問いかけられる。なにについてだろうと、少しの間考えてしまった。

──私の心臓が、ということなら、全然平気じゃない。男の人と手を繋ぐなんて、緊急事態だ。恥ずかしさで、繋いだ手から腕、そこから全身に向かって導火線に火がつくみたいに熱くなる。

「――足もと」

「あっ、だ、大丈夫ですっ。ありがとうございます」

……なるほど、そっちか。私は恐縮してお礼を言った。

「カフェのなかならまだしも、こういう場所で転ぶと洒落にならないだろうからな」

「うっ……その節は本当にすみませんでした。結局弁償もせず……」

暗に、あのコーヒー事件のことを揶揄されているのだと気付き、申し訳なさで謝罪の言葉を口にする。

「だから気にするな。あれのおかげで俺は助かったんだ」

「気にしなくていいって言いつつ、高村さん、ちょくちょくそのときのことを話題にしますよね。わざとですか？」

ここ最近――いや数年に範囲を広げたとしても、ほぼ初対面と変わらない他人にコーヒーを浴びせるなんて、最大の失敗だったと反省している。ゆえにそのことを指摘されると無条件に謝らざるを得ないわけだけど……それを知ってなのか、高村さんによくいじられる気がしている。

「だったらどうする」

「……髙村さんらしいなって思います」

「そうか」

私が拗ねたように言うと、彼は噴き出すみたいに小さく笑った。……やっぱり、わざとか。

冗談も言えますよ――とばかりに平静を装っているけれど、心のなかは相変わらずの大騒ぎだ。決して顔や声には出さないように、自己暗示をかける。

これは手を繋いでるんじゃない。私が転ばないように彼が気を遣ってくれているだけだ。意識しないで、落ち着いて、落ち着いて……！

階段を降りきると、支えていた手を彼がそっと下ろして、離した。今まで味わったことのない緊張感から解放されたことで、指先が急にじっとりと汗ばんできた。よかった、彼と手を繋いでいるときじゃなくて。

「喉渇いたろ。あっちに海の家がある」

「本当ですね」

暑さと緊張で、確かに喉がカラカラだ。彼の半歩後ろを歩く形で、視界の片隅に映った、エメラルドグリーンの外壁が人目を引く海の家に向かう。

「いらっしゃいませー」

カウンターで接客してくれたのは、ボブヘアの下半分を金髪に染めた女性。私たちよりもずっと若いので、おそらく本業は学生さんだろう。

「アイスコーヒー。と」

髙村さんの視線を受け、慌ててカウンターの上にある手書きのメニューに目を通す。

「えっと……じゃあ、アイスティーで」

「はーい、少々お待ちくださーい」

彼女は愛想よくそう言うと、てきぱきとそれらの準備を始める。

「お待たせしましたー。アイスコーヒーが彼氏さんで、アイスティーが彼女さんですねっ」

ほどなくして、ストローの刺さったプラスチックの容器をふたつ差し出しながら、彼女が満面の笑みを向けてきた。

――彼氏？　彼女？　誰が？

「え、あ、は……」

「どうも」

予想外のパンチを食らって言葉が出なくなる私とは対照的に、さらっとお礼を言って、ふたつ分の会計を済ませる髙村さん。

「ありがとうございましたー」

軽快な声に見送られ、私たちは海の家に背を向けて歩き出す。

「うろたえすぎだろ」

直前の私の反応を面白がって、髙村さんが声を立てて笑った。

「だ、だってっ、彼女さんなんて呼ばれるからっ」

第三者にカップルとして認識された経験がない私にとって、語尾上がりの「彼女さん」なんて呼ばれ方はなじみがなさすぎる。

「男女二人が連れだって行動することを、世間はデートと呼ぶだろうからな」

「つまり、私と髙村さんは、周りからデートしてると思われてるってことですよね。なんか、恥ずかしいです……」

こんなイケメンの彼女だと認識されているなんて、いけないことをしている気分になる。

「その言い方、相手が俺だから恥ずかしい、みたいに聞こえるんだが」

「あはは。確かに」

「あはは、じゃない。失礼だな」

「失礼さで競うなら、髙村さんのほうが上ですから自信持ってください」

「うるさい。ほら」

一度立ち止まり、髙村さんがアイスティーのプラ容器を私に差し出す。

「あっ、ごめんなさい。私――」

動揺して支払いをするのをすっかり忘れてしまっていた。

「半分払いますなんてまどろっこしい話なら聞かないからな」

慌てて右手に提げていたカゴバッグから、お財布を取り出そうとしたのだけれど、私の言葉を遮る形で制される。

「でも」

「いいから。余計なことは考えず、初めてのデートに集中してろ」

こういう場合は素直にごちそうしてもらっていいものなのだろうか。……車まで出してもらって、デートに付き合ってもらっている立場なのに？

いや、それでも本人がいいって言ってるんだから、それを尊重したほうがいいのか。

あぁ、正解がわからない。

「……じゃあ、ごちそうさまです」

少し悩んでみたけれど、そうしたところでベストな行動の答えは導き出せなかったので、ありがたく厚意に甘えることにした。

「うん、それでいい」

深々と頭を下げてアイスティーを受け取る私を見た髙村さんは微笑みを見せると、自分の分のアイスコーヒーのストローに口をつけた。

……私、男の人になにかを奢ってもらったのって初めてかもしれない。

つられるように、アイスティーを一口飲む。

正直、味は普段『Plumtree』でいただいているお茶のほうが断然おいしいのだけど、喉を落ちていく冷たいそれが、特別なもののように思えてくる。こういうの、ちょっとうれしい。

私たちは波打ち際を少し歩くことにした。間近で聞こえる涼し気な波の音が、耳に心地よい。

「日差し、大丈夫か?」

「はい」

十五時をすぎて幾分勢いが衰えたとはいえ、まだまだ陽の光が強い。暑さでやられないようにとさりげなく声をかけてくれるとは紳士だ。

髙村さんは私とほとんど年齢が変わらないだろうに、普段の振る舞いはさて置き、かなり女性慣れしているように感じる。エスコートするって、ともすると頑張ってる感が出すぎてしまうのではと思うのだけど、彼の場合は考えるよりも身体が先に動いている雰囲気というか。

……この通りのきれいなお顔だしある程度は予想していたけれど。私にとっての彼は、歯に衣着せぬ物言いをする一風変わった人、というイメージが強かったから、やっぱり女性のほうが放っておきませんよね——というのを再確認させられた感じだ。

……だから謎だ。そんな彼と私が、こうしてデートをしている事実が。

「髙村さんは、どうして私に『デートしてあげる』なんて言ってくれたんですか？」

その思いを、つい言葉にして訊ねた。ほんの少し前を歩く髙村さんが振り返る。

「この一週間、ずっと不思議だなと思ってました。髙村さんが私とデートして得することなんてひとつもないだろうに、どうして誘ってくれたんだろうって。しかも髙村さんって、他の人の世話を焼くタイプじゃないじゃないですか」

「否定はしない」

「やっぱり」

らしくない行動であるのは、彼自身も認識しているらしい。

「そんなに深い意味はない。何度も言ったが、アンタのおかげで助かったから、借りを返したいって気持ちはあったかもしれないが」

太陽の光に照らされてキラキラと光る白い波が、緩やかに足もとを攫おうとする。引いては押し寄せるその様子を視界に映しながら、考えるような間のあと、髙村さんがぽつりとつぶやく。

「……でも強いて言えば、『恋愛は鑑賞するもの』っていう言葉を聞いたから、だろうな」

私が、彼に自身の悩みを打ち明けたときに告げた言葉だった。

「それを聞いて、少し寂しくなった」

「寂しい女なのは自覚済みです」

いつかも言われたような気がする。私は開き直ったふりをして笑い飛ばした。

「そうじゃなくて」

そのときとは違って、茶化すような雰囲気はなかった。静かでいてシリアスな響きを伴い、彼が続ける。

「アンタの好きな本の世界みたいに、鑑賞する恋愛があるのも確かだ。でもそういう作品に触れていればこそ、自分自身も恋愛をしたくなるのが自然だろう」

「………」

「本を通して追体験するだけじゃなく、ちゃんとした生身の恋愛をしてほしいと思った。男とデートすることで自信がつくなら、前向きになれるんじゃないかって」

「そ、そうは言いますけど……そのあと全然お店で会わなかったじゃないですか。だから私、今日の約束をキャンセルされるかもって思ってました。なんとなく流れで約束したけど、面倒になっちゃったんだろうなって」

だからてっきり、約束を取りつけたことを後悔しているんだと思っていた。私は待ち合わせのときに中途半端に呑み込んだ思いを正直に吐き出す。彼は仕事が詰まっていたと言っていたけれど、忙しいのは通常運転のようだから。

高村さんはなんて答えるだろう。様子を窺うと、彼は困ったように眉を下げてから、微かに笑った。

「悪いが、逆だ。……キャンセルしないで済むように、自宅にこもって今週分の仕事を終わらせてた」

「えっ⁉」

「一日予定を空けるには、その分の原稿を前倒しで進めておかないといけないだろう」

「……じゃあ、今日のこの時間を捻出するために？」

そうくるとは思わなかった。私とのデートに付き合ってくれるために、仕事を終わらせた？

行きつけの店で、ただ顔を合わせるだけの関係の私が、現実での恋愛に前向きになれるようにする……ただそれだけのために？

「やだな……調子狂っちゃいます。髙村さん、そんな優しいこと言うキャラじゃないくせに」

「そうかもな。でも、どうしてって訊かれたから」

「……ありがとうございます」

仕事より大切なものはないと豪語する髙村さんが、その仕事の都合をつけてデートしてくれた。その真剣さがありがたくて、うれしくて、温かい気持ちになる。

でも、今の台詞――どこかで聞いたことがあるような……？

「あ」

「ん？」

「いえ、なんでも」

彼が紡いだ言葉に聞き覚えがあった――いや、正確には、見覚えがあった。それがなんだったのかを思い出したのだ。

――『彼と私と人魚の涙』のワンシーン。久遠唯人の新作に、似たような場面があった。新しい恋愛に臆病になっている紫苑に、蒼一が言った「紫苑にはちゃんとした生身の恋愛をしてほしい」という言葉。あの場面も、確か海辺で――そう、こんな波打ち際だったはずだ。

細かいニュアンスや状況は違うにしても、大好きな作品をなぞるかのような展開に、不覚にも激しくときめいてしまう。もちろん、ただの偶然であるのは承知の上だ。それでも物語のヒロインになったような気持ちになれて、単純にうれしい。

「変なヤツだ」

「だから、髙村さんには負けますって」

家でシミュレーションしていたときは不安や戸惑いしかなかったけれど、今日の髙村さんはいつもよりも優しいし、打てば響くやり取りが相変わらず楽しい。

今日はすごく素敵な一日になりそうだ。そんな予感を抱きつつ、私たちはしばしの間、デート感満載な景色と途切れないおしゃべりとを楽しんだのだった。

◆◇◆

まるで物語のヒロインになったみたい——という比喩は、あながち大げさでもなかった。

というのも、髙村さんが用意してくれたデートコースは、件の小説の主人公ふたりが辿ったものと酷似していたから。

蒼一の車で海までやってきた紫苑と蒼一は、波打ち際でおしゃべりを楽しんだあと、亡くなった暁の思い出が詰まった海辺のレストランへ向かう。

南フランスのコートダジュールにも似た風景のなかに、突如として現れるモダンな建物。昼夜ともに一組ずつ限定で利用可能な、高台にあるテラスのテーブル席からは海が一望できる。ヒロインの紫苑もそのテラスの席に通されており、お料理にしてもサービスにしても、これ以上ないくらいに洗練されたお店——と表現している。

髙村さんに連れてきてもらったこのレストランもまさにそうだった。サンセットがきれいに見えるという特別なテラス席に案内され、眼下に広がる爽やかな景色を眺めつつ、彼やお店の方に勧められるがまま季節のコース料理をいただく。

旬の野菜や鮮魚を使ったアミューズと、アスパラガスを使った冷製スープ、フォアグラのポワレなどなど、この世のものとは思えないくらいおいしかった。それに、色鮮やかな盛りつけが美しくて、舌だけではなく目でも楽しめる。紫苑もそんなことを言っていたっけ。

「いいんですか？　こんな素敵なお店に連れてきてもらって」

アナゴのフリット——コースメニューには難しい名前のソースが併記されていたけど、忘れてしまった——のお皿が下げられたすぐあと、口直しの夏みかんのグラニテが運ばれてきた。そのタイミングで、テーブルの角を挟んで座る髙村さんに訊ねる。

「気に入ったか？」

「気に入らない人なんていないと思います。景色もお料理も接客もすべてが素晴らしいですから。こういう経験は初めてで、正直ずっと感動してます」

出てくるお皿を震える手で片っ端から写真に収めた。あとで写真を見返しても自分の身に起きたできごとだと認識できないのでは、と不安になったりして。

「それはどうも。といっても、俺はリザーブしただけだが」

彼はなんでもない風に返事をしてから、小さなガラスの器に入ったグラニテをすぐに平らげ、ワイングラスを傾けた。車の運転を控えており、お酒を飲むわけにはいかないから、グラスの中身はスパークリングワイン代わりのガス入りミネラルウォーターだ。私のグラスにも同じものが注がれている。

こういうハイレベルなお店を知っていて、そのなかに居てもまったくものおじせず、自然体を貫いているだけでもポイントは高い。さらには、この場所が大好きな小説のなかに出てくるレストランと共通点が多いことが、また私の好奇心を駆り立ててくる。例えばテーブルクロスの色。例えばサービススタッフのユニフォーム。例えば壁面装飾など、細かいところまでとてもよく似ている。

いや——ここまでくると似ているどころの話ではなく、むしろこのレストランをモデルにして文章に起こしたのではないかと思うくらいだ。

偶然にしてはできすぎていないだろうか。テーブルクロスやユニフォームは置いておくとしても、シーグラスで形作ったモザイク調の一点ものらしき壁面の装飾まで同じだなんて偶然があり得るはずがない。

じゃあなぜ、こんな奇妙なまでの一致が起こっているのか。波打ち際でのやり取りを思い出しながら、疑問は膨らむ一方だ。

まさかとは思うけど……高村さんはもしかして、久遠唯人……？

いやいや。さすがにそれはないか。彼はオカルトひとすじで、恋愛小説には明るくないようなことを言っていた。

それがフェイクである可能性もなくはないのか。もし高村さんが本物の久遠唯人ならものすごい著名人だから、ガードを堅くしたい気持ちはわかる。

いや、でも――だとすると、知らなかったとはいえ、私は自分の憧れの作家さんと接点を持っていたということになるんだけど……。

「百面相はやめろ」

「はっ」

髙村さんに指摘されて始めて、思考が表情に表れているのだと気が付く。

「どうした。溶けてるが」

手元のグラニテに手を着けないままあれこれ考えを巡らせていたせいで、彼が言う通り半分溶けかかっていた。慌てて握っていたスプーンで中身を口に運ぶ。冷たくて甘酸っぱい。

どうしよう、気になる。真偽を確かめたいのだけど、なにか方法はあるだろうか。

……必死に考えてみたけれど、上手い方法が思いつかない。ならばここは直球で訊ねるしかないか。

私はスプーンを置いて、ごくりと唾を飲み、いざ口を開いた。

「あの……聞きにくいんですけど……その、髙村さんは、本当はオカルト作家じゃなくて」

「恋愛小説家の久遠唯人じゃないかって？」

「っ！」

勇気をもって訊ねようとした内容をそっくりそのまま述べられて、心臓が止まりそうになった。

「そっ、そうなんですか？」

「これだけヒントを出せば、さすがにわかるか」

じゃあ……じゃあ、本当に久遠唯人？　髙村さんが？

「──なんてな。そんなわけないだろ」

多大な戸惑いと期待とで呆然としていると、髙村さんが堪えきれないとばかりに噴き出した。

「アンタが好きだって本の話を聞かせてもらっていたから、参考にさせてもらったんだ。驚いたろう」

「さ、参考に……？」

「悪いが俺は久遠唯人じゃない。ただアンタが憧れている物語の舞台になったと噂されているレストランに、アンタを連れてきただけだ」

「えぇっ？」

髙村さんが言うには、有名作家にはファンが多いので、その分レビューや感想も多くつき、そのなかには「この場面に出てくるレストランにそっくりなお店を見つけた」というような内容も書かれてたりするのだとか。

こちらのレストランも、久遠唯人ファンが見つけ出してレビューに載せたという経緯があり、いわゆる聖地巡礼の対象になっているらしい。髙村さんはその情報を見て私を連れてきてくれたと言うのだ。

「……なるほど、だから内装からスタッフさんのユニフォームに至るまでそっくりなんですね……」

「少しだけでも夢を見られてよかったな」

「いや、本当に少しでよかったです。もしそのまま信じてしまったら、気絶しちゃいそうなくらい驚いてた自信があります。彼の本のなかでも、かなりお気に入りのデートシーンなので」

左胸に手を当てると、いつもよりもまだ鼓動が速い。

「――でも髙村さん、さすがだな。私の好きな本の話を覚えていてくれて、それを参考に今日のデートを組み立ててくれたんですよね。それがなによりもうれしいです」

髙村さんが久遠唯人――という、都合のいい展開にはならなかったけれど、久遠唯人ご本人がこのレストランをモデルに作品を書いた可能性は高い。そういう意味では、物語の世界観の一部に触れることができて幸せだし、この場に私を連れてこようとしてくれた彼の思いやりを感じることができた。

「こんなこと言うとすごく悪い気がするんですけど……髙村さんがこういうロマンチックなデートを提案してくれるなんて、夢にも思ってなかったんです」

「確かに悪いな」

悪口にも聞こえかねない言葉に「すみません」と謝りつつ、私が続ける。

「だって、どうしてもオカルト好きで、一日中そういう書きものをしている人ってイメージが染みついちゃってたので。……でもこうして実際デートしてもらって、すごく楽しかったです。デートってこんな感じなんだなって知ることができたし、髙村さんのおかげで、追体験するだけじゃなくて……ちゃんと生身で恋愛したいって気持ちが高まりました」

男の人と何時間もふたりきりでいるなんて……と弱気になっていたけれど、髙村さんとなら気負わずに言葉を交わせるせいか、時間の経過が早く感じた。……なんならもう少し、時の流れを遅くしてくれてもいいとさえ思ったりして。

「目的は果たされたな。仕事を詰めたかいがあった」

「はい。感謝してます」

「じゃあこれははなむけだ。受け取れ」

髙村さんはそう言うと、自身の横に置いていたショルダーバッグから、手のひらサイズの包みを取り出して、ぽんとテーブルの上に置いた。

「えっ、なんですかこれ？」

「開ければわかる」

ワイン色の包装紙にゴールドのリボンがかけられたそれを手に取り、ラッピングを解いていく。中身は、ハイブランドのハンカチだった。私が髙村さんのシャツを汚したときに拭いて、その後染みが落ちずにお別れしたものと同じブランドで、デザインがよく似ている。

「まったく同じものはなかったから、それで勘弁してくれ」

「そんな、私だって弁償してないのに。申し訳なくて受け取れません」

「俺が使うようなものでもないし、アンタが受け取らないというなら行き場がないわけだが」

「………」

両手で持ったハンカチを、彼に向かって差し出しながら、それもそうかと考え直す。突き返したところで、レースが付いたハンカチを、彼が使うわけにもいかない。

「多分、買ったばかりか、大事に使っていたものなんだろう？」

「おっしゃる通りです。よくわかりましたね」

「曲がりなりにも文筆業をしていると、細かいところに目が行くんだ」

「……ありがとうございます。では、よろこんで使わせていただきますね」

ちょうど日没の時間になったようだ。オレンジ色の海に溶け込んでいく幻想的な夕日を見つめながら、改めて髙村さんに頭を下げる。

初めてのデートでこんな敷居の高い場所に連れてきてもらって、サプライズなプレゼントまでもらい、夢のようだった。次回以降のハードルが上がってしまいそうな気もするけれど……でも、こういう経験ができたことは素直によかった。

「……すごいなぁ、髙村さんは」

顔を上げ、もらったハンカチを自身のバッグのなかにしまったあと、心からの感想を吐露する。

「すっごい失礼で変わってる人ですけど、ちょっと憎たらしいくらい女性慣れしててエスコートも完璧。仕事は常にお忙しいって聞きましたし、きっとすべてにおいて順風満帆なんですよね。私と違って悩みなんてなさそうで、羨ましいですよ」

カッコよくて仕事もバリバリこなせて、女性をよろこばせることができる人なら女性にもモテるに違いない。手に入れたいものをすべて手に入れられるのは、さぞかし楽しいだろう。私も、彼のような人生でありたかった。

「お察しの通り、悩みはないな」

「やっぱり」

謙遜をしないのは彼らしいけれど、悩みはないとはっきり答えるさまに恐れ入る。

「言っておくが、悩むのと考えるのとは別だ。俺は悩んだりはしないが、考える。世の中の大抵の事柄は考えることで解決ができるから」

髙村さんはそこまで言うと、再度グラスの中身を呷った。喉元を見せるように仰ぐ仕草が妙に色っぽく感じて、ついじっと見入ってしまう。

――この人、口調や言葉は少し乱暴なのに、品はいいんだよね。

普段から姿勢がいいし、飲み物を飲んだり、食事をする所作もきれい。そういうところも、女の人ウケするのだろうか。

「考えても解決しない問題に対して悩む。この時間が、俺はもったいないと思う。悩む行為が状況を好転させてくれるわけじゃないから、考えてもいい解決法が浮かばない場合は、考えること自体をやめる。そんな暇があるなら、別の生産性のある行動をするほうが有意義だ」

「はっきりしてますね。……でも、悩むのと考えるのとは別、か」

思いがけない価値観をぶつけられて圧倒されつつも、妙に納得する。

悩むという言葉のイメージには、四方八方を壁で塞がれているような息苦しさがあるけれど、考えるという言葉の先には明るい陽のもとへ続く扉が据えられている雰囲気がある。

……問題の解決に辿り着けそうなのは、『考える』ほうの道であるのは歴然だ。

「なら質問を変えます。髙村さんでも、考えて解決できなかったことはあるんですか？」

「まあそれなりに、な」

「へえ、意外ですね。お仕事関係ですか？」

「なんでアンタに教えなきゃならない」

「そんな冷たい言い方しなくても。無理に訊いたりはしませんが、髙村さんには私の悩み相談に乗ってもらったので、もしかしたら逆に内容を聞くことで恩返しができるかな、とか」

自分は私の悩みに積極的に介入してきたくせに、自分の弱みは見せたくないのだろうか。彼がどういう事柄を解決不可能としているのかが気になる。

「残念だがそれは難しい」

「言ってみなければわからないと言ったのは高村さんのほうですよ。言うだけタダなんですから、ほら、言ってみてください」

「無理に訊かないって言う割には退かないんだな」

一蹴されたのが悔しくて食い下がる私に、苦笑を浮かべる高村さん。

「まあいいか。……そうだな。例えば、今の仕事を続けていくうえで致命的な欠陥が自分にあること、とか」

「致命的な欠陥……それがあることで、お仕事がやりづらくなっちゃってるってわけですか？」

思ったよりも重い内容に、どこまで突っ込んでいいのか、わずかな間逡巡するけれど、訊ねてしまったからには触れないわけにもいかない。私がさらに訊ねると、彼はグラスの中身に視線を落としてうなずいた。

「そんなところだ。だとしても、もらった仕事はこなしていかないとならないからな。困難があろうがなかろうが、この仕事一本で生きていくと決めたからには、読み手が面白いと思うものをひとつでも多く書く。それだけだ」

「……プロですね」

「実際、プロだからな」

「そうでした」

心の底からの褒め言葉のつもりだったのだけど、事実を述べただけになってしまった。私は笑いながら、左胸が切ない音を立てて疼くのを感じた。

そのひたむきさが素敵だ。前々から仕事に対しては並大抵ではない情熱を感じていたけれど、一本芯の通った志に触れ、カッコいいな、と思った。

――あれ。私、もしかして髙村さんのこと、異性として意識してる……？

「お話し中失礼いたします。肉料理をお持ちいたしました」

新たに運ばれてきたお料理に、思考を一時中断される。牛フィレ肉のステーキが載ったお皿が目の前に置かれた。……とてもおいしそう。

私と髙村さんは、ここだけ切り離されたような素敵な景色を楽しみつつ、食後のデザートまでをゆっくりと時間をかけ、堪能したのだった。

「本当に素敵な時間でした。ありがとうございました」

自宅最寄り駅のロータリーに帰ってきたのは二十一時。車を止め、ルームランプをつけた髙村さんの方を向いて、今日何度目かわからないお辞儀をする。

「楽しめたならなによりだ」

「はい、とっても。まさに理想的なデートでしたよ」

食事のあと、さすがにあの豪華なお料理までごちそうしてもらうのは悪いと思って「今度は半分出します」と申し出たけれど、「誘ったのは自分だから」と払わせてもらえなかった。至れり尽くせりで、彼には感謝しかない。

「男とふたりきりなんて自信がないようなことを言っていたが、別にどうってことなかっただろう。必要以上にアンタが構えていただけで」

「うーん……そうですね。もっとすごーく緊張するかと思ったんですが、意外とリラックスできました」

言われてみれば、もっと気疲れしたり固まったりするかと思ったけれど、ほどよく肩の力を抜くことができた気がする。

「――でもそれは、デートの相手が髙村さんだったからかもしれませんね。気心が知れている人だからというか……普段の私を知ってくれているからこそ、頑張って自分をよく見せようとしなくていいわけですし」

「それは暗に、俺にはどう思われても構わないと言ってるのか？」

「あ、いえっ！　誤解ですっ」

「別に構わない、同じカフェに通うただの顔なじみを、そういう目では見られないだろうからな」

「そんなことないです！　だってさっきも――」

言いかけて、慌てて口を噤んだ。髙村さんを男性として意識してしまった話を本人に打ち明けて、どうしたいというのだろう。

「え、と……なに言ってるんですかね、私は。なんでもないです、忘れてください」

「アンタはつくづく面白いな。口に出さなくても、アンタが俺を意識してるのなんてバレバレだ」

噴き出した髙村さんに、私は羞恥のあまり視線を俯けた。

「……そ、そうでしたか……すみません」

「なんで謝る？」

「だって、髙村さんは私が恋愛に前向きになれるように、リハビリに付き合ってくれただけなのに……か、勝手に意識してしまって」

「リアリティがあったほうが実践的で役に立つだろう」

「まあ、それはそうなんですが……」

私が気にしているのは、私が髙村さんを男性として見てしまうことが、彼にとっては迷惑になるんじゃないかということだ。かつてストーカー認定されたときも不快そうだったので、負担になることは避けたい。

「――ところで、アンタが好きだという本のデートシーン。だいたいの流れは覚えてるか？」

「流れ、ですか……」

どう取り繕うかを考えていたのに、当の髙村さんが急に話題を変えたので拍子抜けする。

紫苑と蒼一の距離が縮まるデートシーン。波打ち際でおしゃべりして、海の見えるレストランで食事をしているときに、蒼一から紫苑に告白。そのあと、蒼一が車で紫苑を家の前まで送り届け、「俺が本気だってこと、覚えておいて」と言い、紫苑にキスをする――

『理想的なデート』の仕上げ、まだ残ってるだろう」

「え？」

髙村さんの言わんとする内容を理解するより先に、そっと肩を抱き寄せられる。

その動作を疑問に思う隙もなく、彼の顔が近づいてきて――唇に、柔らかいなにかが触れた。それが彼の唇だと知ったのは、彼が私を解放し、元通りの距離ができてからだった。

……えっ……？

勘違いじゃなければ、今、髙村さんにキスされたような気がするんだけど……？

「またアンコウになってる」

急展開に戸惑う私とは対照的に、髙村さんが淡々と指摘する。

「だ……誰のせいだと思ってるんですか！」

「俺か？」

「当たり前でしょう！」

他に誰が原因になり得ると言うのか。彼氏いない歴イコール年齢の女が、いきなりキスされて驚かないわけがない。

──そう、私、この人にキスされたんだ……！　うわ、わわ、冷静に分析したら恥ずかしくなって……顔が熱くなってきた……！

「──きょ……今日は諸々ありがとうございましたっ！　あのっ、明日も仕事で朝早いので、お疲れさまでしたっ！」

叫び出しそうになるのをなんとか堪え、私は早口に捲し立てた。

「ああ。じゃあな」

そして、直前のキスなんてなかったみたいに、平然と挨拶を交わす彼にドアを開けてもらう。

「失礼しますっ！」

ドアが開くのと同時に、帽子とカゴバッグを抱えて車を飛び出した。振り返ってちゃんと顔を見て頭を下げるべきなのはわかっていたけれど、とてもそんな余裕はなく、足早に自宅のある方向へと歩き出す。

いかにルームランプだけの薄暗い車内とはいえ、私の顔が茹で蛸のように赤くなっていることに髙村さんが気が付かないはずがない。

っていうか、なんでキス？　どうして？

溢れかえる無数の疑問符で溺れそうになりながら、帰路についた。

■□■

立花楓佳の背中を見送ったあと、再び車を走らせようとしたところで、通話の着信が入った。

「もしもし、私だけど。さっき送ったメール、見てくれた？」

声の主は、萱李衣菜《かやりいな》。大手出版社である鶯出版《うぐいすしゅっぱん》の担当編集だ。三年前に俺が鶯出版でデビューして以来の付き合いになる。

「いや、今出先なんだ。今から戻って確認する」

「仕事大好き男が外出なんて珍しい。しかもわざわざ混雑しそうな休日に。まさかデート？」

「まあな」

多分、萱は冗談のつもりで口にしたのだと思うけれど、あながち間違ってはいない。今日はそういう名目での遠出だったから。

「聞き飽きたでしょうけど、何度でも言わせてもらうわ。あなたの立場に悪影響を与えそうな危険な女と、どこにでもいそうな平凡な女にだけは引っかからないで」

彼女のほうから「デート？」と訊ねてきたのに、肯定して不機嫌な反応をされるのは納得がいかないと思いつつ、口には出さない。

「どういう相手を選ぶかは、俺が決めることだろう」

「私は真面目に言ってるの」

萱には公私ともに世話になっているが、付き合う女にまで口出しされる覚えはない。そう思って軽く反論したのだけど、彼女は台詞通りの真剣な声音で切り返してくる。

「唯人――あなたが他の人とは違う、特別な才能を持った人だから忠告しているの。つまらない恋愛をして面白い作品が書けなくなったりしたら、私、読者に顔向けできないわ」

「俺がどういう恋愛をしているかで、作品の質が変わるとでも？」

「だってそうでしょう。今や久遠唯人は日本を代表する恋愛小説家になったと言っても過言ではないわ。あなた自身が質のいい恋愛をしていなければ、多くの読者の心を揺さぶるような物語は書けないでしょう」

「かならずしもそうとは限らないだろう。萱の言う通り、いい恋愛を知っているほうがリアリティをもってアウトプットすることはできるが、リアリティがあるからといって作品が面白いかどうかはまた別の話だ」

「リアリティがないと説得性に欠け、ひいては共感性に欠けるでしょう。ウケる作品には共感性が必要なの。そんなの、説明しなくてもあなたならわかっているはずよ」

萱の言い分はわかるが、俺が主張している内容とは微妙に嚙み合っていない。

そうじゃない。俺が言いたかったのは――

「……質のいい恋愛をしていなければいい作品が書けないと言うなら、俺の書く話はどれも駄作だということになる」

「……唯人？」

ひとりごとのようなつぶやきは、電話越しの彼女には届かなかったようだ。

「なんでもない。……メールはすぐ戻って確認して、必要があればまた連絡する」

「唯――」

まだなにか言おうとする萱の言葉を遮って、通話を切る。そして手にしていたスマホを、さっきまで立花楓佳が座っていた助手席に放った。

普段は考えないようにしている懸念点を、思いもよらない形で抉られるとダメージが大きい。萱に八つ当たりしてしまう形になって、大人げないと思う。

萱は単純に、いい恋愛をしているほうがよりいい文章が書けるだろうということを言いたかっただけだ。

それなのに、深読みしてネガティブに受け取ってしまったのは、彼女から常々「恋人同士の自然な感情の描写が課題だ」との指摘を受けているから。心から愛し合うふたりのやり取りや描写に、もの足りなさを感じるときがあるのだという。自分ではベストを尽くしているつもりだが、俺のいちばんのファンであると公言する萱が言うのであればそうなのだろう。

『今の仕事を続けていくうえで致命的な欠陥が自分にあること』

先刻、レストランで自身が放った言葉が脳裏で蘇る。

物語のなかで、『身を焦がすような』『我を忘れるような』男女の恋愛を書き続けているというのに、当の本人である俺は、そういった経験がなかった。

もちろん、女性と付き合ったことはある――何度も。いずれも例外なく、遅くとも三ヶ月以内には別れているが。

原因が俺にあるのは、自分自身がいちばんよくわかっている。恋愛のパターンはいつも同じ。俺に興味があるという女性からのアプローチを受け、告白され、付き合い始めるけれど、仕事第一の俺は女性に予定を合わせることなく、俺の予定に合わせてもらうスタイルを貫く。次第にフラストレーションを溜めていく女性に、別れを切り出されるのだ。

『あなたは私のことが好きじゃないのよ。会えなくても寂しいと思わないんだから』

――そのとき、ほぼ毎回この手のことを言われて、返事に困る。

だって事実だから。交際相手に会えなくて寂しいと思ったことは一度もない。そういう自分は、もしかしたら相手のことが好きではなかったのかもしれない。核心を突かれると困ってしまい、曖昧に笑うことしかできなかった。

そもそも誰かを好きだと思うのはどんな瞬間なのか。新しい物語を生み出すたびに、登場人物同士の惚れた腫れたを書き留めているが、第三者から見てよりドラマチックに、ロマンチックに、という試行錯誤のもとエピソードをこねくり回すうちに、自分はどう感じるのかという部分が置いてけぼりになって、わからなくなってしまっている。

とはいえ所詮、物語は創作でしかない。現実での恋愛とは別ものだ。自分自身がなににドキドキして、どういうときにときめきを感じるかなんて、創作には必要がないから、知る必要なんてないのだ。

そう開き直っていたけれど、一方で『本当にそれでいいのだろうか』と問いかける自分もいた。誰かを深く愛したことのない人間が、果たして説得力をもってそういう描写をできるだろうか。答えは否だ。萱の言うことは正しい。

立花楓佳の存在に気付いたのは、そのジレンマに苦しんでいるときだった。

『Plumtree』のマスターの奥さんは、二年前まで青嵐社に勤めており、俺の担当だった。カフェを起業するというご主人に協力したいといって退職したあと、彼女は開業先が俺の自宅の最寄り駅であると知って、「よかったら執筆場所に使ってください」と声をかけてくれた。その縁で、一週間の七割以上、少なくても半分以上をあの空間で過ごさせてもらっている。

ゆったりとしていて静かな雰囲気も魅力的だが、俺を惹きつけたのは元がつくとはいえ同業種の人間のテリトリーである、という安心感だ。あまり頻繁に通い続けると、さりげなく素性を探られることがあるが、これがなかなか煩わしい。そういった恐れがないのがありがたいのだ。

とはいえ、毎日のように脇目もふらずPCに熱中する男の存在は、周囲から奇異なものとして映ったのかもしれない。次第に他の常連客からの視線を感じるようになっていった。立花楓佳は、そのなかでも特に無遠慮にジロジロと俺を見ていたひとりだ。きっと彼女は、俺に見られている自覚があるとは気が付いていなかっただろうけど。

年のころは俺と同じか少し下くらい。純朴で大人しそうな雰囲気のする彼女は、いつも手に本を抱えていた。見かけるたび、ヌメ革のブックカバーがかかった本の中身をキラキラした瞳で追う姿に、「いったいどんな本を読んでいるのだろう」と淡い興味が湧いた。

あるとき、マスターとの雑談の延長で、立花楓佳について訊ねてみた。そこで初めて、彼女が俺——久遠唯人のファンであると知って驚いた。

彼女が熱心に視線を送ってくるのは、俺の正体が久遠唯人だと知っているからなのだろうか？

俺はメディア対応に苦手意識があって嫌いなので、顔出しは一切していない。だから関係者を除いて、俺が久遠唯人であることを知る者はいないはずだ。それなのに、彼女が知っているとしたらどんな理由が考えられるだろうか。

マスターが立花楓佳に俺の正体を告げ口した？　……いや、それはないだろう。彼はうっかり俺の正体をバラさないように、普段から「髙村さん」と本名で呼ぶし、立花楓佳の話をしたときも「もちろん彼女には髙村さんのことを内緒にしておくから」と、わざわざ宣言したのだ。そこまでしておいて意図的に伝える意味がわからない。

人づてでないのなら、立花楓佳本人がなんらかの手段で俺が久遠唯人である証拠を摑んだと考えるしかない。

脳裏に浮かんだのはPCだ。『Plumtree』でPCを開いたまま、トイレや仕事の電話などで席を離れることがあった。その隙に画面を覗いたということはないだろうか。編集中の文書ファイルのなかには、未発表の原稿や他作家の解説寄稿がある。それを読めば、ファンだという彼女が俺の正体に辿り着くのは容易に思う。

他人に見られる状態にしておいた俺も悪いが、他人の持ちものを勝手に覗く彼女はもっと悪い――という怒りもあり、ある日牽制の意味も込めて本人に「ストーカーか?」と確かめてしまった。

否定された瞬間は「うそをついているのでは」と思ったけれど、すぐにそうではないとわかった。

なぜならそのとき、カフェには俺と彼女の姿しかなかった。ならばストーカー行為を認めないまでも、ファンであることくらいは白状しそうなものではないか。うぬぼれでもなんでもなく、自分が好きな作家とは接触を試みたいと思うだろうから。

その後しばらくの間、彼女を見かけなくなった。マスターの話だと会社員をしているとのことだから、仕事が忙しくなったのかもしれないと、気にかけることもなかった。

立花楓佳に対する印象に強い変化があったのは、久しぶりに彼女に会った日。店の扉を潜る彼女を見たとき、普段よりもずっと煌びやかな格好をしていたから、最初は誰なのかわからなかった。普段の彼女が悪いわけではないが、見違えるほどきれいだ、と思ったのを覚えている。

でも彼女に意識を傾けたのはほんのわずかな時間でしかなかった。俺にしては珍しく、執筆が止まってしまっていたのだ。鶯出版の新作のラブストーリー。それまで互いに接点のなかったヒロインとヒーローに、印象的かつコミカルな出会いのシーンを作りたかった。

選択肢はいくらでもある。だが、ヒロインとヒーローの性格や行動を考慮すると、どれもしっくりこない。いわゆる物語の摑みの部分で、ここを面白いと感じさせないと読者はついてこないだろう。それがわかっているから、余計に慎重に決めなければならない。

考えれば考えるほど焦っていた。自分の執筆ペースを考えると、そろそろ書き進めていかないと締め切りに間に合わない。萱は「少しくらいなら融通が利くから、よりいいものが出せるなら延ばしても構わない」と言っていたけれど、自身のスケジュール的にも、作家としてのプライド的にも、できればそれは避けたい。そんなピンチを救ってくれたのが、立花楓佳だった。

コーヒーを被ったとき、これだと思った。相手の衣服を汚す行為は印象的だし、その後のフォローも含めて少なからずコミュニケーションを取らなくてはならない。そのとき、相手の人となりもよく見えるだろう。初対面の男女が接近するにはおあつらえ向きの状況だ。

うろたえる彼女に礼を言い、続きを書いてみる。強いて言えばよくあるパターンではあるが、そこはふたりのやり取りでカバーできそうだ。

書き終わったあと、しきりに「シャツを弁償する」と訴える彼女と少し話をした。申し訳なさそうにする彼女に弁償の必要はないことをアピールしつつ、彼女が本当に俺の正体を悟っていないのか、気にかかったのもある。

本を読むのが好きで、久遠唯人を愛読している——とのくだりで少しヒヤリとしたが、彼女は勘付いていなかった。彼女が俺の書いた本を説明するときの振る舞いが、作品を知らない第三者に対するものだったからだ。そういうのはなんとなく伝わる。

思った以上に熱心なファンであるのを知り、純粋にうれしかった。家族や一部の友人を除いて、周囲は俺が恋愛小説家であることを知らないし、久遠唯人の名前ではSNSも一切やっていない。ゆえに、これまで書籍の感想はファンレターを通してでしか得られなかった。こんな風に、自分の本について楽しそうに語られる経験などなく、それが新鮮だった。

久遠唯人に直接感想を伝えたいと話す立花楓佳にファンレターを勧めたのは、俺が久遠唯人としてその感想に対する返事を出したかったからだった。彼女も自分の思いを文章にして本人に伝えることで満足できるだろうし、我ながらいいアイデアだと思った。

後日、出版社を通して届いたファンレターには、最新刊の感想が切々と綴られており、彼女の、作品に対する愛情を感じた。

俺はすぐさま返事を書いて送った。受け取った手紙をうれしそうに俺に見せて報告する彼女を、妙にかわいいと思った。

女性を素直にかわいいと思ったのは、実のところ初めてなのかもしれない。付き合っていた歴代の彼女の顔を思い浮かべると、みんな一様に美人で華やかだったけれど、かわいげは感じなかった。彼女たちがどこかツンとしていて、いつも他人を値踏みするような目つきをしていたからだろう。思えば、俺を愛していると言いながら、俺の見た目や人気作品を生み出した俺の経歴を愛しているような女性ばかりだった。いつもそこばかりを褒めてくるものだから、いやでも認識してしまったのだ。

立花楓佳がこれまで付き合ってきたどの女性とも違うタイプであるのは、カフェでたびたび会話するようになってすぐにわかった。

オカルト作家の髙村という、いかにも得体の知れない男に対しても嫌悪感を表に出さず、気さくに接する態度に好感を抱いたし、久遠唯人としてではなく、ひとりの人間として扱われることに対する気楽さもあった。ごくシンプルな言葉で表現するなら、彼女と過ごす時間は楽しく、気持ちが明るくなったのだ。

『大切な人であればあるほど、相手を尊重して、相手のペースに合わせて一緒にいたいって思います』

そしてなにより俺に衝撃を与えたのは、いつかのあの台詞。

頻繁に会えないことで不満をぶつけられることが多かった俺にとっては、そんな風に考えられる女性がいるなんてと、目からうろこだった。

この人のことが気になる。漠然とそう思っていたとき、彼女から悩みを打ち明けられた。聞けば、一度も彼氏ができたことがなく、仲のいい同期の結婚を素直によろこべずに自己嫌悪に陥っている、と。

デートの相手を買って出たとき、下心なんて微塵もなかった。彼女によって原稿の進行を助けてもらった恩を返したかった。本当にそれだけだ。だからデートコースも、彼女が気に入りそうな場所を選んだ。一部の読者が察している通り、最新刊に出てくる海辺のレストラン。彼女ほど読み込んでいるなら、きっと気に入ってくれるだろうと思って。

そして今日。思惑通り、彼女の素直で初々しい反応を見るにつけ、別の感情が顔を出すようになった。

——もっと彼女のかわいらしく恥じらう顔を眺めたい。他愛のない言葉の応酬を交わしたい。この女性のことを深く知りたい。

別れ際、彼女とふたりで過ごす時間が終わるのだと思ったのと同時に、名残惜しいと感じた。だからつい、唇を奪ってしまったのだ。

本のなかのできごとをそこまで踏襲するつもりはなかったのに、身体が動いてしまった。自分を制御できない感覚は、これが初めてだ。

よくも悪くも、俺は理性的な人間だと思っていた。それゆえに、恋愛感情を冷静に分析して、それを文章に落とし込む作業に向いているのだと。

……こんなに衝動的な一面があるなんて、自分でも信じられない。これまでの恋愛においても、理性を差し置いて感情で行動するなんてことはなかったのに。

「…………」

キスをした直後の彼女の顔を思い出す。予想外のできごとであるとの驚きを隠さない、きょとんとした顔。呆然と俺を見つめる、茶色がかったつぶらな瞳。

その背中に腕を回して抱き締めたい。胸の奥底がちりちりと音を立てて、熱く燃える心地がした。

もしかしたらこれが『身を焦がすような』、『我を忘れるような』、恋をする気持ちなのだろうか。自らが描く恋物語の主役たちはもれなく経験しているのに、ただ俺だけが抱いたことのない強い想い。

……彼女と一緒にいることで、その感情をより深く知ることができるのではないだろうか？

俺は小さく息を吐いて、ようやく車を発進させる。

ずっと探し続けていたものが、ここにあったのかもしれない。

そんな予感がした。

第四章　恋愛小説のような、甘くときめく日々

「楓佳ちゃん、聞こえてるー？　楓佳ちゃん」

「あっ、はいっ、すみませんっ」

向かい側のデスクで受話器を掲げた小嶋さんが、語気を強めて私に呼びかける。

「管理部から内線だよ、二番。先月の交通費精算の件だって。……大丈夫？　まだ風邪治ってないの？」

小嶋さんが眉を顰め、ちょっと小声で訊ねた。明らかに心配してくれている。

「いえ、その……体調はだいぶいいはずなんですけどね——ありがとうございます」

私は全力で笑いながら元気アピールをしつつ、手元の電話機を操作して、電話を受けた。

——いけない。また思考を飛ばしていたみたいだ。

あの理想的なデートの最後、髙村さんからキスされてからというもの、私の脳内はずっとその瞬間のできごとが回っている。デート前も仕事が手につかない状態だったけど、今は輪をかけてひどい。……本当、ふがいないの一言だ。

高村さんも罪なことをする。デートすら初めてだった私に、別れ際にキスをするなんて……意識せずにはいられないじゃないか。

ていうかなんでキス？　それ、必要ありました？

デートにキスってつきものなの？　私が経験不足で知らなかっただけ？　それとも別の理由が……？

数々の疑問が浮かんでは消えていくなか、私がいちばんもっともらしいと思っているのは、「デートの一部として経験させてあげよう」という、高村さんの善意説。

私の歳では、キスなんて経験済みであるのが普通なのだろう。だから、男性慣れしていないことを知っている彼が、私に耐性をつけようとしてくれたのではないだろうか。

彼に下心があったからとか、単純にからかわれたとかいう説も思い浮かばなかったわけではないけれど、高村さんほどの人なら女性を選び放題だろうから、敢えて私みたいな女に手を出さなくてもいいはず。それに、からかわれたにしてはそのあとの反応がいやに淡白だったから、ちょっと違う気がしている。

とにかく――理由はなんであれ高村さんにキスされた。その事実は変わらないのだ。

……今後、どんな顔で彼と会えばいいんだろう。

わからなくて、週明けからまた『Plumtree』を避けるようになってしまった。すでに水曜日だけど、今週に入って一度もお店に行っていない。

髙村さんにしてみたら、避けているのがバレバレなのだろうけど、勇気が出なかった。本人を前にしたら、しどろもどろになって醜態を晒してしまうかもしれない。マスターやマスターの奥さんにそれを見られたら、変に思われるだろうし……。

――いや、でもずっと避け続けてるのはよくないか。散々デートでお世話になっておきながら、終わったらそのままカットアウトというのも失礼だし、後味が悪い。

……今日あたり、頑張って寄ってみようか。

一回顔を合わせてしまえば大丈夫。気まずいのは私だけなんだから、それで払拭できるはずだ。

内線を終えた私は、早くも緊張から背筋を伸ばして受話器を置いた。

「いらっしゃい、楓佳ちゃん。何日か空くと久々って感じだね」

「すみません、仕事がバタバタで」

当たり障りのない言葉でごまかすと、マスターがニッと笑う。

「今日も髙村さん来てるよ」

この人は相変わらず彼の来店情報の伝達を怠らない。心のどこかで「今日は来てない」という言葉を期待したけれど、ここは髙村さんの仕事場でもあるんだから、その可能性は限りなく低いと覚悟していた。

私はマスターと二、三言交わしながら定位置のテーブルに向かった。水曜日の例にもれずお客さんは少ないけれど、それでも何人か常連さんらしき姿を確認することができる。

髙村さんの姿も思った通りの場所にあった。私の定位置の、斜め前。先日、助手席で独占していた彼の横顔を、そのときとは違った心持ちで眺める。

「確かに数日空くとしばらくぶりな感じがするな」

「こんばんは。……そうですね」

マスターとの会話を拾って、髙村さんが言った。私が相槌を打つ。

今日の組み合わせはボンゴレとディンブラに決めてオーダーしたあと、私は胸がドキドキと忙しい音を立てるのを感じながら、おもむろに口を開いた。

「ど……土曜日は、ありがとうございました」

「いや。こちらこそ」

髙村さんは、いつも通り視線はＰＣのディスプレイに向けながら返事をする。

「すごく楽しかったです。お忙しいのに、本当、感謝してます」

「当日もいっぱい礼を言ってもらったから。もう大丈夫だ」

「……は、はい」

彼は少し笑ってそう言うと、また黙ってPCに集中し始める。

「………」

あれ、それだけ？　……あのキスについては、言及なし？

あまり深く心に留めてはいないだろうとは思っていたけれど、せめて一言くらいは触れるかと思っていた。

もしや彼にとっては日常的な挨拶で、覚えていないレベルの動作だったとか？

だとしたら、ひとりで意識してしまった自分が愚かしいし、恥ずかしい。

……ああ、カフェに通えなくなるほど気にするんじゃなかった。

届いたパスタを食べ終え、ミルクを注いだディンブラを味わいながら、髙村さんの座る斜め前の席を見遣った。ひたすらにPCに向かう姿は、多分、周りなんて少しも視界に入っていないのだろうと思える。いつもと同じ、仕事しか見えていない彼。

——私と会っても、全然気にならないんだ。

ここは外国じゃないから、キスは誰にでもするような挨拶じゃない。それが男女間ならなおさらだ。いくら彼が常識に囚われない人でも、その感覚がないとは考えづらい。

彼みたいに女性が途切れなさそうな人にとっては、キスなんて全然特別なものじゃなくなっちゃうんだろうか……。

寂しさで、胸がきゅうっと締め付けられたように痛む。

普段と変わらず、まるでキスなんてなかったみたいに振る舞う彼にショックを受けている自分が変だ。私は、高村さんにどうしてほしかったのだろう？

私と高村さんの間に、なにかが生まれるわけでもないのに。だって、彼はただ私のリハビリに付き合ってくれただけなんだし――

「さっきから視線を感じるんだが」

ディスプレイを見つめたままの彼が、言葉だけで指摘してくる。

「あっ、すみません」

「言いたいことがあるなら言ったらどうだ。顔に書いてある」

「あ……え、と……」

言いたいことはあるけれど、あまり他人には聞かれたくない話だ。私は周囲を見回した。私たちのテーブルの周りには、女性客が三人、男性客がふたり。

「ちょっと失礼しますね」

私は断りを入れてから、彼の席の真正面に移動する。椅子に座ると、彼は律儀にPCを閉じた。

「……あの」

どうしよう。傍に来たはいいものの、どうやって訊ねたらいいのかがわからない。

直球で、「あのキスはどういうつもりだったんですか」？

……問い詰めてる感じがして怖いだろうか。

であれば、「髙村さんにとってキスってなんですか」？

……逆に抽象的すぎるだろうか。

――うーん、いい言い回しが思いつかない。こちらの意図が伝わらない可能性があるか。

「その気になれないなら、先に俺の話を聞いてもらいたい」

なかなか口を開かない私に痺れを切らしたみたいに、髙村さんが言う。

「――俺と付き合ってくれ」

……？　はい？　こういうときはどうしたら……？

彼の口から飛び出たのは、とんでもない台詞だった。

「え。……え？」

「聞こえなかったか。俺と付き合ってくれって言ったんだ」

驚きすぎてひっくり返りそうになった。髙村さんは声のボリュームを上げて、もう一度同じ台詞を述べる。

「ちょっ、髙村さんっ！　声、大きいですって……！」

彼の声は低いのによく通るから、わざわざ音量を上げる必要なんてないのだ。これでは周囲にまる聞こえじゃないか。

「アンタが反応しないからだろ」

「聞こえてます。十分、聞こえてますからっ」

ふと視線を感じて、辺りを見渡す。三人組の女性客はひそひそとこちらの様子について話しているし、ひとりでコーヒーを啜っていた男性客も、そのままのポーズで目を点にしている。

「次に会ったら言おうと決めてた。前々から、アンタのことは面白いと思ってたけど、この間一日一緒にいて、もっと知りたいと思うようになった」

「………」

――にもかかわらず、髙村さんは同じトーンのまま、マイペースに言葉を紡ぎ続けている。

「アンタはどう思ってる？　気持ちを聞かせてくれ」
待って。そう急かされても――まだ頭が混乱してる。
髙村さんが私のことを好きだって……？
そんな展開になるとは、夢にも思わなかった。私は今、人生で初めての告白という
ものを受けている最中なのだろうか？
頭のなかで、なにかがぷちんと弾ける音がした。その音を合図に、私は椅子から立
ち上がる。
恥ずかしさと驚きとで、心のなかがぐちゃぐちゃだ。
なんで？　なんで？
――とにもかくにも、お茶でも飲んで落ち着こう。
髙村さんの問いに答えることとさえ忘れ、ロボットのようにぎこちない動きで自分の
席まで戻った。飲みかけだったミルクティーのカップをむんずと摑み、立ったまま一
気に飲み干す。
――いやいや。これが落ち着いていられるはずがない！
ソーサーの上にカップを戻すと、私はその手でバッグを摑んで逃げるようにレジへ
と向かった。

「あっ、楓佳ちゃんもう帰り？」

「きゅ……急用を思い出したのでっ」

「そうなんだ、気を付けてね──あ、楓佳ちゃん、おつり！」

マスターが後ろでなにか言っていたかもしれないけれど、構わず早足で自宅までの道のりを歩き出す。

『──俺と付き合ってくれ』

頭のなかで、髙村さんの声が何度も何度も繰り返される。

……生まれて初めて、男の人に告白されてしまった。

髙村さんとの気まずさを解消するためにカフェに足を運んだはずが、別の気まずさを背負うことになるなんて……！

◆◇◆

「さあ、今日こそは聞かせてもらいましょうかっ」

翌日、お昼どきの会議室。正面に座る梅田さんと小嶋さんが、満面の笑みで私を見ている。

「前々から、様子が変だなぁって気になってはいたんだけど……楓佳ちゃんってば、絶対に認めないから」

「風邪だなんてごまかしてるけど、本当は違うんじゃない？」

察しのいい先輩方おふたりには、私の異変なんてお見通しだったらしい。私はお弁当の入った保冷バッグの持ち手をぎゅっと握りながら、彼女たちに包み隠さず伝えるべきかを考える。

――いや、だめだ。今まで異性関係の話なんて一切しなかった私が「告白されました」なんてことを言った日には、凶悪犯並みの細かい事情聴取が待っている。

「あの……好きの定義ってなんなんでしょうね……」

熟慮した結果、昨夜からずっと私の頭のなかをぐるぐると回り続けている疑問を投げかけてみることにした。

「ついに楓佳ちゃんにも出会いが⁉」

「ねえねえどこの誰？　うちの会社の人？」

普段から恋バナが好きな彼女たちは、そのフレーズを聞いただけでもテンションが急上昇している。私は大きく両手を振った。

「――あっ、いえいえ！　ほら、恋愛小説読んでると、『このヒロインはどうしてこのヒーローに惹かれたのかな』って思うことがあるじゃないですか。他人に恋愛感情を持つときの条件ってなんなんだろうって。そういう話です」

「なんだ、本の話～？」

「ソワソワして損した」

私が筋金入りの恋愛小説好きであるのはふたりともよく知っている。だから、リアルではなく空想の世界の話であるという説明にも、疑いを持たれなかった。

高村さんに告白されたということは、お返事をしなければならない。その内容は「よろしくお願いします」か「ごめんなさい」のふたつにひとつ。

ところが、そこには大きな問題がある。生身の恋愛経験のない私は、告白を受けるべきか否かの判断がつかない。彼を好きかどうかの確信が持てないのだ。だからこうして、教えを乞うているわけだ。

「人によって価値観は違うと思うけど……あたしの場合は、ドキドキ感はマストかな」

「私は居心地の良さが絶対条件かな。気を遣ってばっかりの関係っていやだし。つぐみちゃんは？」

梅田さん、小嶋さんが答えたあとに、小嶋さんが黙って話を聞いていたつぐみちゃんに振った。

「……私は、心から尊敬できること、ですかね」

「彼氏のこと、尊敬してるんだね」

「ま、まぁ……はい」

つぐみちゃんの答えを梅田さんが冷やかす。つぐみちゃんは、照れながらも小声で肯定した。

「なるほど、それが好きの定義ですか……」

「感じ方は人次第だけど、だいたい今挙げたようなものに集約されそうだよね」

頬杖をつく小嶋さんにうなずきを返し、自分の身に置き換えて考えてみる。

髙村さんに対して——ドキドキ感はあるし、居心地のよさもある。お仕事の面においては、理解できない部分もあるものの、一生懸命さを尊敬している。

……彼女たちのもの差しでは、私は髙村さんに恋をしてるってことになるらしい。

「ま、最終的には、その人のことをもっと知りたいと思えるかどうかじゃない？」

「そうだね！　どうでもいい相手のことって、特にそうは思わないだろうし」

梅田さんの言葉に、小嶋さんは胸の前でぱちんと手を合わせて激しく賛同する。

「……もっと知りたいと思えるかどうか……」

その言葉を、つい最近聞いた気がした。いつ、誰が言っていた言葉だろうか。

『アンタのことは面白いと思ってたけど、この間一日一緒にいて、もっと知りたいと思うようになった』

――思い出した。髙村さんが私に向けて言った台詞だ。

ってことは、やっぱり髙村さんも私のことを好きでいてくれてるってことなんだ。

……どうしよう。うれしい。好意に対して素直にそう思えるのは、私も同じ気持ちを抱いているからなのだと思う。

謎が多い髙村さんだけど、私ももっと、彼のことを知りたい。

「楓佳ちゃ〜ん、それって本当に本の話？」

「好きな人ができたってことなんじゃないの？」

考え込む私を見て、再び先輩ふたりが突いてくる。

「い、いえいえ、期待させてしまったらすみません、本当、そういうのではないので」

彼女たちをやんわりといなしながら、私は決意を固めた。髙村さんに会って、返事をしよう、と。

そこではたと気が付く。……昨日、髙村さんとどんな風に別れたんだっけ？

もしかして、あの緊張感漂う空気のなか、なにも言わずに髙村さんを置いてけぼりにしてしまった?

「どうしたの、楓佳ちゃん。顔青いよ」

「あ……ううん」

つぐみちゃんが心配してくれたけれど、私は小刻みに首を横に振った。

――まずい。これはまずい。

せっかく自分の気持ちに気付けたっていうのに、驚いたからといってあんな大人げないことをして、呆れられてしまったかもしれない。

呆れられてるならまだマシだ。あれを拒絶したと受け取られていたら?

……絶対だめだ。今夜はなにがなんでも『Plumtree』に行って、誤解を解かなきゃ!

「いらっしゃいませ～、あ、楓佳ちゃん」

「髙村さん、いますかっ!?」

退勤後、脱兎のごとく会社を飛び出し『Plumtree』に駆け込んだ私は、出迎えてくれたマスターに対し食い気味に訊ねた。

「え？　い、いるけど……」

「ありがとうございますっ！」

いつにない先制パンチに慌てるマスターの横をすり抜けて、彼が座っているであろう定位置へと向かう。

今日はいつもより少し混んでおり、座席は七割程度埋まっていたけれど、いつも私よりもうんと早くから座席を陣取っているらしい彼は、やはり想像通りの場所にいた。

「髙村さん」

私の呼びかけに、彼がＰＣから顔を上げた。昨日そうしたように真向かいの椅子に座る。

「昨日は話の途中で帰ってしまってすみません。言い訳になっちゃうんですけど、すごくびっくりしちゃって」

「それで？」

告白に対する返事をしようとしていると読めそうなものなのに、彼の返事が妙にそっけない気がして、もしかしてちょっと怒ってたりするんだろうかと不安になる。

仮に怒っていても仕方がないか。大事な話の最中でいなくなるなんて、さすがに非礼がすぎる。

でも……それでも、私なりに辿り着いた結論を、きちんと伝えたい。

「――一日かけて考えたんですけど……私、髙村さんとお付き合いしたいです！」

しまった、と思ったときにはもうすべてを言い切ったあとだった。焦りのあまり、思っていたよりもずっと大きな声でそう述べた私に、髙村さんがぷっと噴き出した。

「そんなに大きい声で言わなくても聞こえてる」

「で、ですよね……」

昨日の逆パターンだ。直前までの雑音が消え、水を打ったかのように静まり返った店内の様子を恐る恐る窺う。昨日よりももっと多くのお客たちが、私たちのテーブルに意識を注いでいるようだった。

……恥ずかしい。もう、なにやってるんだか。

「……驚かないんですね」

「うん？」

「その、昨日は逃げ出した私が、ＯＫの返事を出したことに」

私が告白をし返したというのに、髙村さんは澄まし顔でアメリカンを啜っている。

「アンタならそう言うと思ってたからな」

「……すごい自信ですね」

やはり彼がイケメンでモテる人だから、なびかないはずがないと思われていたのか。お付き合い未経験者の私にはまったく持てない自負だ。

「俺がキスしたとき、怒らなかっただろう」

「えっ？」

「普通、好きでもない男からキスされたら、我慢ならないはずだ。拒絶する反応を見せなかったのは……そういうことじゃないか？」

「っ……！」

そんな考え、思い至らなかったけど――その通りだ。

もし私が髙村さんに異性としての好意がなければ、あのときいやだと思って怒ったかもしれない。

頬がかあっと熱くなる。なら、髙村さんはそのときから私が彼に惹かれていると気付いていたっていうんだろうか？

「図星か？」

「か、からかわないでくださいっ……！」

「本当にアンタは面白くて、飽きない」

きっと私の顔は真っ赤になっているのだろう。それを指摘されて、恥ずかしいやら、悔しいやら。

高村さんは意地悪な言葉で揶揄したあと、双眸を細めて優しく微笑んだ。その眼差しが、とても温かい。

「――楓佳。これからよろしく」

「は、はいっ。よろしくお願いします！」

初めて名前を呼んでもらえた。たったそれだけなのにうれしくて、心がぱっと華やいだ。姿勢を正し、両膝に手を乗せて深々と頭を下げる。と、オーディエンスから盛大な拍手が届いたりして、また恥ずかしくなる。

――そろそろ八月に入ろうかという、ある木曜日。多くの常連客の生温い視線を感じながら、失礼で、変で、ちょっと面白い高村さんを好きになった私は、彼とめでたくお付き合いを始めたのだった。

◆◇◆

お付き合いがスタートしたからといって、私と彼を取り巻く空気が急にカップル然としたわけではない。平日はこれまで通り、週三回程度『Plumtree』で顔を合わせておしゃべりを楽しむ。これは変わらない。

では休日はというと――知っての通り、仕事がいちばんの髙村さんには、平日と休日の境界線など存在していない。基本的に彼の体内時計は平日だ。目の前の仕事に取り組む。それだけ。

とはいえ、土日休みの私は自由に時間が使えるため、お仕事が最優先であるのはわきまえつつ、彼と接点を持てる方法を考えた。それは、彼の身の回りのお世話をすること。

髙村さんのお家に上げてもらうようになって初めて知ったのだけど、彼は家事という家事が苦手らしい。食事は一日一食でも平気――なんて台詞を聞いたときからいやな予感はしていたけれど、とにかく仕事以外のことにかける時間は必要最小限にしたいらしい。

そのため、洗濯物は溜まっているし、部屋のなかも床やソファにものが積んであり、掃除が行き届いていない状態。食べ物の買い置きはほとんどなく、あってもレトルトばかり。

これでよく今まで生活が成り立っていたものだ。気になって訊ねてみたら、「担当編集が世話焼き魔で」という答えが返ってきて、なるほどなと思った。編集さんは作家の原稿のみならず生活まで管理しないといけないなんて……大変なお仕事だ。

かくして家主の許可を得た私は、休日は髙村さんの家で家事をして過ごすのが定番になった。

なんて言い方をするとすごく大変そうに聞こえるけど、私にとっては楽しい時間だ。彼のほうも、私と接する時間を少しでも増やすためにと、土日に限っては外での執筆を控え、自宅で作業してくれるようになった。そういうところに、彼なりの譲歩を感じている。

タイムスケジュールとしては、午前中は髙村さんの家を訪れてブランチを作って一緒に食べ、彼が仕事を始めたタイミングで掃除や洗濯を開始する。途中、買い物に行ったり、持参した本を読んだりしてリラックスしつつ、夕食を作って一緒に食べ、後片付けまでを済ませて帰宅する。

余裕があるときは、作り置きのおかずを作って冷蔵庫にインしておいたりもする。髙村さんは普段外食ばかりのようだから、たまには家庭料理も食べたくなるだろうし、わざわざ外に出なくても食事がとれるなら、その分お仕事に時間を使うことができるから効率的だ。

「さて、今日も始めますか……」

九月中旬の土曜日、十時すぎ。髙村さんのマンションに到着した私は、スーパーで買い込んできた食材を使って、ブランチづくりを始める。

彼はありがたいことに好き嫌いが一切ないうえ、お皿に載せて出したものはすべて平らげてくれるので、とても作りがいがある。今日は、以前彼に作って好評だった、トマトソースの冷製パスタとグリーンサラダに決めた。

ピカピカのカウンターキッチンは、家主がまったく料理に縁がないことの証明だ。コンロが三つもついていて、調理スペースも広いのに、もったいないと思う。我が家のなんて、ここの半分くらいだ。

今でこそ慣れたけど、当初は髙村さんのお部屋があまりにも立派で驚いたものだ。最寄り駅の傍に、一際目立つ三十階建ての新築マンションがある。周辺で唯一のタワーマンションとのことで、建った当初は話題になったらしい。

彼の部屋は、その二十八階にある2LDK。それらの条件から家賃を想像するのが怖い。……こういう言い方をするのは悪いけれど、作家さんというのはごく一部を除いてはあまり裕福なイメージがなかったので驚いた。私がそっち方面に明るくないだけで、オカルト作家というのはこういう素敵なお家に住めるくらいには稼げるものなのだろうか。もしくは、彼がオカルト界において特別人気がある作家である、とか。

気になったので、髙村さんに今一度「書いている本の名前かペンネームを教えてほしい」とお願いしたけれど、断られた。それでも、「付き合っている人が書いた本だから」と粘ってみて、やっと得られた返事がこれだ。

「どうしても知りたいなら、まずはこっちの世界のバイブルをいくつか読破してからだ。俺の本を読む資格があると判断できたら教えてやる」

彼に紹介された本は五冊。超常現象やサタニズムを中心に、果ては『死後の世界からの大予言』なんていう大仰なタイトルのものまで、どれも辞書のように分厚いうえに怪しげな香りがぷんぷんと漂っていたから、すぐに「読みます」とは断言できなかった。申し訳ないけど、私の感性には合いそうもない。

とはいえ、やはり彼がどんな文章を書いているのかは気になる。自宅のなかになにかヒントになるものはないかと、掃除のたびに見回してみるけれど、髙村さんは書籍を含む仕事関連のアイテム一式を、仕事部屋である書斎に置いているらしい。どうりでリビングにや寝室に本棚が見当たらないわけだ。

書斎に関しては、どういう事情があっても立ち入らないでほしいと強く言われているから、なかを確かめることもできない。まぁ、彼が気分転換に散歩や買い物に出た隙に書斎を調べることもできるけど、わざわざ禁止の掟を破って信用を失うほど知りたいかというと、そうではないし。

つまり、今のところ私が髙村さんの著作を読むことは不可能だというわけだ。……うーん、重い腰を上げて、彼の言うバイブルとやらを読んでみるしかないのかな。

リビングダイニングには、食事をとるためのダイニングテーブルと、来客用と思しきソファセットが置かれている。切った野菜と作りたてのパスタをそれぞれお皿に盛ってダイニングテーブルに運ぶ。

料理をしない髙村さんのお家に揃いの食器類があるはずもなく、ペアの深皿とサラダボウル、カトラリーは私が用意したもの。

こうして家で会うのがほとんどなので、都度気分を変えられるようにと、荷物に余裕があるときに少しずつ揃えている。結婚式の引き出物のペアどんぶりが、まさかこんな形で役に立つ日が来るとは思わなかった。重い思いをして持って帰ってきたかいがあった。

過去にお付き合いしている女性がいたのなら、食事を作ってもらっていたのではと思ったけれど、会うといえば外食が基本だったそうで、家にまで上げるのは稀だったとか。

「それって、暗に私のことは特別って言ってます？」と訊ねたら、「ああ。今まで会った女のなかでいちばん面白い」と、期待とはややズレた答えが返ってきた。……そういう意味で訊いたんじゃないんだけど。

テーブルに料理とカトラリーを並べ終え、準備は万端となったところで、書斎にいる髙村さんを呼びに行く。

廊下に出てすぐの扉の先に寝室が、その先の玄関の手前にあるのが書斎だ。

「髙村さん。食事ができました」

「今行く」

扉をノックしながら呼びかけると、彼が返事をする。扉の前で待たれるのが好きではない家主のために一足先にリビングダイニングに戻って、テーブルに着く。さほど時間を置かず、彼もやってきた。

私を出迎えてくれたときと同じTシャツとデニムの装い。いつもきれいめな格好を多く見かけている気がするので、こういうラフな服装が新鮮に感じる。

「今日は冷製パスタにしてみました」

ダイニングテーブルで髙村さんと向かい合うと、私は深皿を指し示して言った。

「冷製か。それはいい」

「好きなんですか？」

「好きというか、手早く食べられそうだなと思って」

「……そういう意味ですね」

髙村さんは食べ物の好き嫌いがない代わりに、それが食べやすいかそうでないかを基準に選ぶ傾向にある。例えば、サンドイッチやおにぎりは片手で持って、メールや原稿をチェックしながら食べられるからよく買うし、熱々のラーメンやドリアなどは少し冷ましてから食べないといけないからあまり食べない。

食事の時間にまで仕事を食い込ませようとするのはいかがなものかと思う。ここまでくると本当に病気だ。

「いただきます」

「どうぞ」

きちんと両手を合わせてから、髙村さんがフォークを手に取り、パスタを巻いて口に運ぶ。

「うまい。楓佳は料理が上手いな」

「あ……ありがとうございます」

料理を褒められたこともちろんうれしいけれど——髙村さんに楓佳と呼ばれるたびに、くすぐったいような、でも胸がじんわりと温かくなるような心地がする。まさか自分の名前に感慨を覚えるなんて思わなかった。

付き合ってすぐ、私と髙村さんは同い年だということがわかったけれど、「髙村さん」呼びと丁寧語がまだ抜けない。まだ彼氏がいる状況にさえ違和感がある私には、そこを克服するまでのゆとりがないのだ。幸い、彼は「別にこだわらない」とのことなので、そのままの形で行かせてもらっている。

しかしながら「髙村さん」っていうのは他人行儀だから、せめて下の名前で呼ぶべきかとは考えているけれど……そっちのハードルのほうがむしろ高かった。

なんと、彼のファーストネームは「ゆいと」だったのだ。奇遇にも、久遠唯人と漢字まで同じ——唯人。敬愛する作家の影がチラつくと、余計に呼びにくい。

髙村さん曰く「隠していたわけではなく、言いにくかっただけだ」とのことだけど、私が逆の立場でも言いづらいとは思う。彼だって、私が狂おしいほどに久遠唯人の小説が好きであることを知っているのだから、多少なりとも気まずさを感じるのではないだろうか。そういう理由もあり、しばらくは現状維持になるだろう。

「そうだ。書斎は本当に掃除しなくていいんですか？　見られたくないものだけ隠しておいてもらえれば、やっておきますけど」

私も料理に手を付けながら、最近考えていたことを訊ねてみる。

せっかくこうしてお家を定期的に掃除しているのに、書斎だけそのままというのももったいない気がする。どうしても見られたくないものがあるなら、それだけまとめて見えないようにしてくれればそれでいいはずだ。なのに。

「いや、大丈夫だ。気持ちだけもらっておく」

「そうですか……」

ある程度想像はついていたけど、ノーサンキュー。

――わかってるんだけどさ。

私はちょっとささくれた気持ちで嘆息すると、フォークをお皿の上に置いた。

「……高村さんがお仕事をとても大切にしているのは知っていますし、だから無暗に他人に見せたくない気持ちもわかっているつもりですが、ひとつだけ確認させてください。私のことを信用していないからじゃないですよね?」

きっと高村さんはそんなこと思っていないと思うけど、一線引かれたように感じてしまう。だから「違う」という言葉を聞いて安心したかった。

「さあ、どうだろうな」

「あっ、ひどい！　私は真剣に」

ニヤリと意地悪に笑う彼に口を尖らせて言う。

「冗談だ。そんなに怒るな」

高村さんはおかしそうに声を立てて笑った。そして、自身も手にしていたフォークをお皿の上に置いて、私の頭に手を伸ばす。彼のしなやかで長い指が、私の髪をそっと梳くように撫でた。

「……信用してない女と付き合うほど、浅はかじゃない」

「そ……それなら、いいんですけどっ」

頭を撫でられただけで、そこから発熱するのではと思うくらいにドキドキする。

高村さんとふたりきりで、しかもこんな距離感で接するチャンスがあるのは食事の時間だけだったりする。平日に会えるのは『Plumtree』だけだし、休日も彼はほとんど書斎にこもってしまって、出てくるのは食事をとるタイミングに限られる。

……だから、恋人同士っぽいスキンシップもほとんどしていない。こんな風に、頭を撫でてくれたり、ハグしてくれることはあるけど、キスなんてあの海でのデート以来していないし……いきなり求められすぎるのもいやだけど、二十代後半の恋愛がこれでいいんだろうか、というふんわりとした不安はある。

「ところで、楓佳。食事のあと協力してほしいことがあるんだ」

「構いませんけど、なんですか？」

「仕事のことで、ちょっと」

「もちろん。私でお役に立てるなら」

髙村さんが仕事でお願いをしてくるなんて、今までなかったことだ。私はよろこんでうなずいた。

「助かる。じゃあよろしく」

「はい」

――これって、私のことを信頼してるってアピールなのかな。私が口にした不安を拭ってくれようとしているとか。……だとしたらうれしい。

髙村さんって、口調はそっけないし表情や反応も淡白だけど、ちゃんとそのあとにフォローしてくれるところが優しいなと思う。

「なにニヤニヤしてるんだ。不気味だぞ」

「そうですね」

意地悪な軽口にも、もう慣れた。私はにこやかにそれを受け入れながら、彼との楽しいひとときを過ごしたのだった。

食事を終え、洗いものを済ませた私が髙村さんに呼ばれたのは、リビングにある革張りの茶色いソファ。先に座っていた彼のとなりに腰を下ろす。

……密着するのはまだ照れるので、こぶしひとつ分の隙間を空けてしまう。意気地なしだなぁ、私は。

彼が話しやすいように向き合うように身体を傾けたので、私もそれに倣った。

「実は今度、恋愛要素を入れ込んだ物語調の本を書くことになったんだ」

「えっ、高村さんが書いてるのってオカルトじゃなかったんですか？」

「もちろん、テーマはオカルトだ。普段はルポをメインに書いてるんだが、今回に限っては、若い女性をターゲット層にしたいとかで、恋愛小説としても成り立つようにというのが先方の要望なんだ」

いったいどんなコンセプトなんだろう。全体像を教えてほしいと乞うたところで、おそらく口を割らないだろう。それでも、普段はルポを書いているという情報を得られたのはかなりプラスな気がする。

「……で、私はなにを？」

「普段とあまりに勝手が違って戸惑っている。恋愛ものは詳しくないし、正解がわからない。楓佳は恋愛小説が好きなんだろう。アドバイスしてほしい」

「作家さんにアドバイスなんてできませんよ。私、読み専ですし」

「技術的な部分じゃない。あくまで、恋愛要素が入ったときに読者がなにを期待しているかを教えてほしい。端的に表現するなら、読み手の女性がよろこびそうなシチュエーションとか、迫り方とか」

「なるほど、そういうことですね」

今回の本のターゲット層に私も内包されている。彼は、私がドキドキする内容が限りなく正解に近いと考えているのだ。

「状況はこちらでいくつか用意している。全部試して、いちばん楓佳の反応がよかったものを採用するから、そのつもりで」

「ええっ？　試すって……まさか、実践するんですか？」

「当たり前だ。せっかく男女が揃ってる上に俺たちは恋人同士。イチャついたって問題ないはずだが」

「……かもしれないですが」

実践――言い換えれば、再現、だろうか。髙村さんは、どんな風になんの再現をさせるつもりなんだろうか。

「そうと決まればさっさと始める。全体通してのシチュエーションは『彼女の家に初めて彼氏が上がったとき』だ。いいな？」

「は、はいっ」

メインテーマがオカルトな割には妙に初々しいシチュエーションですね――と突っ込みたかったけど、やめた。探ったところで物語の詳細情報は得られないのだし。

「えっと……まずどこに移動すれば？」

「最初はここでいい」

「っ……！」

髙村さんは短くそう言うと、座る位置をずらして私と身体を密着させる。触れ合っている左半身から、衣服越しに彼の体温が伝わってくる。

「た……髙村さん？」

「――楓佳。たまには映画でも見ないか？　好きそうなのを用意しておいた」

「え、あ……」

そのままの距離感で彼がデニムのポケットに突っ込んでいたスマホを取り出した。

そして、私の肩を抱きながら耳元で囁く。吐息が耳にかかる距離で言葉を交わすのは初めてだ。それに――肩！

「少し……近くないですか？」

少しどころじゃない。だいぶ近い。

「画面が小さいから、近くに寄らないとちゃんと見えない」

彼は手早く動画サイトからなにかの動画を選択すると。スマホを横に持ち、大画面表示に切り替える。

「そ……そうですかっ……」

――だとしても、男性とゼロ距離にいるなんて初めての私にとっては、かなり心臓がハードワークな環境なんですが……！

「あ、これ」

「知ってる？」

「もちろんです」

久遠唯人の、『泣きたいくらいに愛してる』。その映画版だ。当時、上映を観に行ったので、記憶に残っている。

「そうか。じゃあ、頭から見なくてもいいな」

「なんでですかっ。せっかくだから、最初から見させてくださいよ」

画面をタップして、再生バーを表示させる髙村さん。再生位置をクライマックスの辺りまで移動させたのを、私が序盤まで戻そうとする。

――そのとき、意図せず私の指先と彼の指先が触れた。

「あっ、すみませんっ……！」

私は弾かれたようにぱっと画面から手を引いた。

……わざとじゃないけど、髙村さんの指に触ってしまった。

「こういうのドキドキする？」

「……し、してないですっ！」

意地悪な髙村さんは煽るような低音で囁いた。いつもはそんな声、出さないくせに。

素直に認めるのが恥ずかしくて、反射的に否定する。

「ドキドキしたならしたと言ってもらわないと、判断できない。……ま、いずれにせよこれに関してはこれくらいでいいか」

これ以上の収穫はなさそう——とばかりに、髙村さんは動画の再生を止め、再びポケットにしまった。

……そうか。これはドキドキするものを選ぶための再現なのだから、ありのままの気持ちを認めればいいのか。

「次。今度はこっち」

「あっ、はい」

ソファから立ち上がり、今度はキッチンへと場所を変える。

「悪いが、紅茶を淹れてくれないか」

「いいですけど、髙村さんってコーヒー党ですよね？」

少なくとも『Plumtree』では、彼がアメリカン以外を飲んでいるところを見たことがない。

「楓佳が淹れてくれるなら、たまには飲みたいと思って」

「……わ、わかりましたっ」

――なにかたくらみがあるだろうとはわかっていても、そんな思わせぶりな台詞を言われたらいくらでも淹れてしまいたくなる私って、すごく単純だ。

彼に指定された通り、お茶を淹れる準備をする。

といっても、大した工程はない。食器棚の下段にしまってあるティーポットを取り出し、キッチンボードの引き出しから紅茶の茶葉を取り出す。髙村さんは紅茶を飲まないのに、有名店のポットと茶葉の入った缶がストックされている。もらいものらしい。眠らせておくのはもったいないので、来るたびに私がいただいている。

ティースプーンで茶葉を掬い、ポットのなかに入れた――

「……！」

そのとき、背中全体が温かななにかに包まれる。

え、どういうこと？　今、なにがどうなってるの？

背中に押し当てられているのは彼の胸板。私は髙村さんに、後ろからハグされていた。

「髙村さんっ――」

小さく喚いたと同時に、ティースプーンを取り落としてしまった。細かな茶葉が、私の腹部に回された彼の腕や、作業台の上にぱらぱらと散らばる。

「楓佳の髪は、いい匂いがする」

「そ、そんなことないですっ」

「ある。傍で話してるとき、たまに香るから気になってた」

後ろ髪に髙村さんの鼻先が当たってくすぐったい。少し身を捩ってみるけれど、無駄な抵抗だった。

傷みがちな髪を保護するためのヘアオイルの香りだとは思いつつ、そんなに髙村さんと接近する機会があっただろうかと疑問に思う。

「向かい合って話してるだけでも、意外と届いてるものだ。香りだけじゃなくて――楓佳のいろんな感情も」

私の思考を読んだみたいに、髙村さんが言った。……いろんな感情？

「俺が触れるたびに、のぼせた顔するのが堪らない」

――触られてドキドキしてたの、バレてたんだ……！

まるで瞬間湯沸かし器みたいに、再び首から上が熱を帯びていく。

「もしかして遠回しに俺のこと挑発してる？　処女のくせに」

「しょ……!?」

彼の口からそんな言葉が飛び出るとは思わなかった。ただでさえ忙しい鼓動が、背中越しに彼に伝わってしまうのではないかと思うくらいに加速する。私は堪らずぎゅっと目を閉じた。

「今だって、俺のことしか考えられなくなって……蕩けきった顔してるんだろう」

「ち、ちがっ……」

「ふうん。なら、確かめてやろうか？」

笑み交じりに訊ねながら、彼が私を振り向かせようと強引に腕を引く。

髙村さん、いつもと違うっ……！　なんていうか――こんな男性の色気ムンムンなタイプじゃないのに！

きっと彼の予想通り、私はみっともないくらいに赤い顔をしているのだろう。耳まで熱いのだから自覚はある。

そしたらどんな言葉で揶揄されるのか——羞恥と期待とが織り重なった複雑な感情のまま、恐る恐る瞳を開ける。

「——っていうのは、ドキドキする？」

視界に映る彼は、とても落ち着き払った態度で、私を煽っていたことなど忘れたみたいに淡々と訊ねてくる。

「っ……あ、はい……い、いいと思いますっ！」

その変わり身の早さに拍子抜けしたものの、今は彼の仕事に協力する時間だったことを思い出して、率直な感想を述べた。

「なるほど。少しぐらい強引なほうがウケがいいってことか。参考になるな」

冷静に分析されると、素直なリアクションの数々が余計に恥ずかしくなってくるんですけどっ……！

「——少し休憩しよう。それを頼む」

「はい」

どうやら、一区切りついたらしい。このペースで飛ばされたら身がもたないから、そのほうがこちらとしてもありがたい。

それ、と手元のティーポットを示されたので、お湯を注ぐ。無駄を極力省きたい髙村さんのお家にはウォーターサーバーがあるから、香りが飛ばない適温をすぐに用意できて楽ちんだ。

その間、彼のほうは冷蔵庫から紙箱を取り出し、中身をお皿に移していた。

「わ、かわいいですね」

手のひらに乗るサイズの、円柱型のデコレーションケーキがふたつ。白いクリームのうえに、ラズベリーとブルーベリーが飾り付けられている。見た目がいいし、とてもおいしそうだ。

「……でも、この辺にケーキ屋さんなんてありましたっけ？」

「冷凍で取り寄せられる店があるんだ。甘いもの、好きだろう」

「大好きです！」

髙村さんが好んで甘いものを食べている姿は見たことがない。彼の好き嫌いの基準で言えば、ケーキの類は片手では食べられないので面倒という感想を抱きそうだ。

もしかして、私が家に出入りするようになったから用意してくれた……とか？

なんだかんだ、髙村さんって紳士だ。わざわざ言葉にはせず、私がよろこびそうなことをしてくれるんだから。

うきうきしながらマグに紅茶を注いで、ダイニングテーブルに運ぶ。

「そっちでゆっくり食べよう」

「……？　はい」

テーブルにマグを下ろそうとしたところで、髙村さんは「そっち」とソファセットを示したので、不思議に思いつつもソファの傍にあるローテーブルに運ぶ。天板がガラスなので水滴の跡が付きやすいと、極力こちら側で飲食しないはずなのに。

マグを置いてソファに座ると、彼も両手にケーキ皿を持ってこちらへやってくる。

「よかったら食べて」

「ありがとうございます。いただきます」

髙村さんと横並びに座って、手を合わせてからフォークを取る。ケーキのクリームは思ったよりも重さがあるけれど、冷凍だったとは思えないほど軟らかい。口に運んで味わってみると、生クリームではなくてチーズクリームだった。ほどよい酸味が後を引いておいしい。

「感想を訊くまでもなかったな」

あっという間に円柱が崩れていく様に、髙村さんは満足そうに笑った。

「また顔に書いてあります？」

「楓佳はいつもそうだから」

「わかりやすくてすみません」

「そのほうがいい。他人の気持ちを推し量るのは、小説のなかだけで十分だからな」

「ならよかったです」

……これは、褒められたと取っていいのだろうか。いいんだよね。他の人はともかく、髙村さんはそのほうがいいと思ってるんだから。

あれ。でも、髙村さんって普段はルポを書いてるんじゃなかったっけ。小説……？

「楓佳」

怪訝に思ったところで、髙村さんに呼びかけられる。

「ついてる」

彼が自身の唇の端に人差し指を当てて言った。

「あっ」

あまりにおいしくて気が付かなかった。慌てて中指の先で唇の際を拭う。

「子どもか」

「ですね、失礼しました」

——その通りすぎて、なにも言い返せない。彼が私のために準備していてくれたものだと思ったら、うれしくてはしゃいでしまったのもある。このままの勢いで食べ尽くしてしまうのもなんなので、いったんフォークを置くことにする。

「た、高村さんは食べないんですか？　すごくおいしいですよ」

見れば、彼はケーキにも紅茶にも手を付けておらず、ただ私がケーキを食べる様子を見守っている。注目され続けているのも恥ずかしくて勧めてみると、彼はいたずらっ子のように瞳を光らせて微笑んだ。

「今食べるよ」

――直後。彼は私の腕を引くと、私の唇についたクリームをぺろりと舐めた。

「………！」

た、高村さんってば、いきなりなにを……!?

「チーズクリームか、予想外だな。でも確かにうまい」

そう、私も見た目は生クリームかなと思ってたんですよね――なんて同調したいところだったけど、身体が金縛りにあったみたいに動かなくなって、声も出せなくなる。

この異常事態にもかかわらず、目の前の、私を動作不能にした張本人はまったくもって涼しい顔で私の反応を窺っているだけだ。

「――うまいが、俺は、こっちのほうが好みかな」

彼は向かい合う私を意味深に見つめながら、微かな声でつぶやく。そして、そっと触れるだけのキスをした。

「目閉じて」

ほんの一瞬、柔らかな感触を残して離れた唇が、熱っぽく促してくる。

言われた通りに両目を閉じなければと思う反面、まだ身体は言うことを聞かない。

キス自体は二回目だけど、恋人同士になってからは初めてだった。

付き合って一ヶ月。そろそろそういう時期かとは思っていたにしても、まさかこのタイミングだとは。いざその瞬間が訪れると、とても平静ではいられない。

「そんなに俺の顔を見ていたいなら、それでもいいが。つくづく面白いな、楓佳は」

くっ、と喉奥で笑うと、長い睫毛を伏せた彼の唇が、再び私のそれに触れる。さっきと違ったのは、触れた唇の隙間から、彼の舌先が入り込んできたことだ。

「～～～っ……！」

背筋を駆け抜ける甘い痺れに、全身がぐらぐらと煮えたってしまいそうな感じがした。

その間も、割り込んできた舌が私のそれを探り、攫って行こうとする。

なに、この感覚──頭の奥がふわふわして、なにも考えられなくなる。こんなの知らない……！

彼の舌が縦横無尽に私の口腔を蹂躙したあと、解放される。ぼうっとする私の顔を覗き込んだ髙村さんが、囁き声で訊ねた。

「気持ちいい？ ディープキス」

――ディープキス！ これが……！

知っているけれど、実体験の伴わないもののひとつ。それが今、経験の一部になったのだと知覚した瞬間、鼻の奥がツンとして、温かいものが滴り落ちる。

なんだろう――軽く拭ってみると、指先が真っ赤に染まる。そして鼻腔を刺激する鉄の匂い。

えっ、鼻血っ⁉

「おい、大丈夫か？」

「あ、え、あっ……」

髙村さんもすぐに異常に気が付いてくれた。ローテーブルの下に置いてあるティッシュボックスからティッシュを数枚引き出すと、片手で私の後頭部を支えつつ、もう片方の手で出血している場所を押さえてくれる。

「……どうだ、まだ出てるか？」

「いえ……止まってるみたいです」

「まだ動くな。安静にしてろ」

しばらくの間、髙村さんが私の鼻の片側を圧迫し続けてくれたおかげで、鼻血は止まった。ローテーブルの上に置いたままの、使用済みティッシュたちを集めようとしたのを、髙村さんに制される。

「しばらく座ってて。片付けはやっておく」

「……すみません。私、なにやってるんですかね」

いくら彼氏いない歴＝年齢とはいっても、大人のキスをされただけで鼻血を噴いてしまうなんて、こじらせすぎではないだろうか。世の中の多くの女性が通っている道だというのに。

……こんな醜態を晒して情けない。せっかくスキンシップを図ってくれた髙村さんにも、申し訳ない気持ちでいっぱいだ。

ソファに背を預けたまま、天井を仰いで小さくつぶやく。私の代わりに丸めたティッシュをくずかごに捨てたあと、彼がとなりに戻ってくる。

「なんで謝る。悪いことをされたとは思っていない」

キスの途中で雰囲気を台無しにした私に、髙村さんは優しかった。

「楓佳は斬新で面白い。鼻血を出されたのは初めてだが」

……怒られなかったのは幸いにしても、私に対する評価がどんどんコミカル寄りになっていっているのが気になる、もとからそうだったと言われれば、それまでだけど。

「本当、失礼しました。今、穴があったら入りたいです」

「だから気にするな。……さすがに毎回鼻血を噴き出されるのは困るが、今回は俺が煽ったせいでもあるし」

「や、やっぱり煽ってたんですね！　おかしいとは感じてましたけど……でも、休憩って言ってたから」

髙村さんにしてはずいぶん焚きつける言い方だとは思っていた。やっぱりこれも、私の反応を見るための、再現だったんだ！

「楓佳のおかげでかなり参考になった。礼と言ってはなんだが、俺の分のケーキも食べるといい」

愉快そうに笑ったりして、憎たらしい。

「うれしいですけど、さすがに二個も食べられませんよ」

「いますぐ食べる必要はないだろう。楓佳さえよければ今日は泊まって、明日の昼にでも食べていけばいい」

――泊まって、って……髙村さんのマンションに!?

明日は日曜だし、特に予定があるわけでもないけど——でも、お家に泊まるってことは、つまり髙村さんとそういう関係に……？

「こら。今なにを想像した？」

彼の指先が、私の頬をむにっと摘んだ。

「っ……髙村さん！」

「楓佳は本当に思考が全部顔に出るな」

よほど間抜けな顔をしていたらしい。髙村さんは指を離すと、いつになくおかしそうに、お腹を押さえて笑った。……悔しい。完全に楽しまれている。

「た……髙村さんが明日も来てほしいって言うなら、今夜は一度帰って、明日の朝また来てあげます！」

「そうだな、わかった」

悔しさのあまりわざと偉そうに言ってみせたけれど、彼はその悪あがきさえも面白がっているようだ。

「もうっ、いつまで笑ってるんですか！」

完全にバカにされている。……こういうときだけでもいいから、ポーカーフェイスを身に付けたい！

失礼で変でちょっと面白いと思っていた髙村さんは、それにプラスしてかなりの意地悪だということがわかった。

私は怒って見せながらも、そんな彼にからかわれるのもいやではないかも——なんて思ったのだった。

◆◇◆

髙村さんの意地悪エピソードはまだまだある。

不本意な形で二回目のキスをしてから一週間後の土曜日。ブランチの材料を持ってマンションを訪ねると、彼のほうから折り入ってこういう要請があった。

「登場人物描写を細かくするにあたって、楓佳の行動を観察させてほしい」

「観察、ですか？」

「そうだ。特別これといって違う動きをする必要はない。家のなかで楓佳が動いている姿を観察できればいいんだ。今回の本の主人公の年齢や背格好が楓佳と近くて、参考にしたい」

件の、恋愛要素のあるストーリー仕立てのオカルト本。あまり小説を書かないという彼にとっては、必要な情報なのだろう。

「……髙村さんのお仕事の頼みなら、いやとは言わないですけど……」

観察、という言葉はあまり気が進まないけれど、それでも彼の仕事の役に立てるというなら、協力しない手はない。

「話が早くて助かる。そういうことで、俺はしばらくの間ここにいるから」

「わ、わかりました」

ここ――と言って示したのはダイニングテーブルだ。そこからはキッチン全体が見渡せる位置関係にある。

「俺のことは空気だと思ってもらっていい。いつも通りに動いてくれ」

「はぁ……」

――空気と思えなんて簡単に言わないでほしい。髙村さんの存在感のある鋭い眼差しは、否応なく私の肌に突き刺さる。

気になるけど、動かないことには食事が作れない。私は持ってきた材料をキッチンの作業台の上に並べて、準備を始める。

今日はドライカレーにした。ご飯ものだから食べ応えがあるし、先週に使いきれなくて余った野菜がいくつかあるから、それをまとめて使ってしまいたかった。

豚ひき肉と刻んだ野菜を炒めて味付けするだけの超簡単メニュー。いろんな食材が少しずつ入って栄養バランスがいいので、普段食生活が適当な髙村さんにもぴったりだ。

炊飯器にお米をセットし終え、いよいよ野菜を刻んでいく。

「…………」

私はついダイニングテーブルにいる髙村さんを見た。彼は腕を組んで座ったまま、ひたすら熱心に私の動作を追っているだけで、特にアクションはない。

──本当に観察してるだけなんだ。

再び手元の野菜に視線を戻す。見られていると思うと、どうも落ち着かない。

私の動作ひとつひとつが彼の視界にくまなく収められている。その事実が、不必要に私を緊張させるのだ。

たまねぎ。にんじん。なす。かぼちゃ。しょうが。入れてもよさそうなものは全部刻んでいく。

これまで料理とは生活のため、自分のためにするものだったから、切り方も調理法も完全なる自己流。正しさではなく、自分のやりやすさを優先してきた。ゆえに、他人から見れば「あれ？」と思われるような方法を取っているかもしれない。

高村さんは料理を全然しない人で、お付き合いしている女性を家に上げて料理をしてもらったこともほとんどないそうだけど——言い換えれば、少なくとも一度くらいはあるのだろう。

「あっ」

余計なことを考えているせいか、刻んだ野菜を一時的にボウルに入れる際、手が滑ってボウルの外に零れてしまったので、慌てて拾って入れ直す。

変に気を散らしちゃだめだ。刻んで炒めて味付けするだけなんだから、今は野菜を細かくすることだけに集中しよう。

私はもう一度高村さんに視線を送る。微動だにしない彼は、さっきとまったく同じ体勢のまま。

気にしすぎかもしれないけれど、私の知らない昔の彼女と比較されたらどうしよう。前の彼女はもっと手際がよくて上手かったのに……なんて思われてたら。結構落ち込んでしまうかも。

——あぁ、みじん切りする手がぷるぷる震える。ただでさえ凝視されて恥ずかしいのに、別の緊張感も乗っかってきて、頭のなかがスパークしそう。

「痛っ……！」

そのとき、謝って指先に包丁が当たってしまった。刃先が左手人差し指の腹をスパッと切りつけ、鋭い痛みが走るとともに、赤いものが滲む。

「どうした?」

訊ねながら、椅子から立ち上がった髙村さんがこちらに駆け寄ってくる。

「指、切っちゃって」

「ドジだな。貸せ」

彼は私の左手の手首を引くと、あろうことか傷のある指先を口に含んだ。

——ええっ! ちょっと、なんで口に咥えて……!?

「あ、あの、髙村さんっ」

「この家には救急箱がない。唾液は殺菌と洗浄効果があるの、知らないのか?」

「し……知りませんでした」

逆の立場だったとして、私がそれを知っていても髙村さんの指を舐めようとは思わないだろう。だってそんなの、ハードルが高すぎる。

舌先が指先に触れるくすぐったさに耐えていると、今度はちゅっと傷口に吸い付かれる。鼓動が速くなる分、余計に傷口からドクドクと出血してしまいそうな気がするけど、大丈夫だろうか。

……いや、だめだこれ……先週に引き続き、心臓に悪い時間っ……！

おそらく困惑と羞恥に塗れているだろう私の顔を覗き込むと、髙村さんはいたずらっぽく唇の端をつり上げて笑った。

「絆創膏くらいなら買い置きがあるかもな。ちょっと待ってて」

私の指先を解放し、彼は絆創膏を探しにリビングダイニングを出ていく。

彼が扉を閉めたのを確認すると、私は大きく息を吐いてその場にへたりこんだ。

まだ先週の続きをしているとでも言うんだろうか。あのときと同じように、私の反応を楽しんでいるように見受けられる。

そもそも人物描写のための観察なんて必要なんだろうか。それすら私をからかうためのお膳立てのようにも思えてくる。

「お待たせ」

「ありがとうございます。……でも髙村さん、私が動揺するのをわかっててやってません？」

深呼吸して立ち上がると、絆創膏を持って帰ってくる髙村さんに、その疑問をぶつけてみる。

「だったらなんだ？」

「お、お察しの通り恥ずかしいので、やめてほしいんですけど！」

認めるどころか開き直るとは。トーンの変わらないマイペースな返答に、私が怒って見せる。

「人物描写のためって言うのはうそじゃない。短時間だが、得られたものもあったしな。……ほら、手を出せ」

「あ、はい」

……そこは作り話じゃなかったんだ。だからといって、彼が私の反応を見て面白がっていたことには変わらないのだろうけれど。

傷は思ったよりも深くなく、絆創膏でくるりと覆ってしまえば止血できそうだった。

高村さんの手が、そっと私のそれを取って処置をしてくれる。

高村さんの指はいつ見てもきれいだ。爪は切りそろえられていて、形も整っている。根元から指先までがすらりと伸びていて、ささくれなどもない。

どちらかというと手が小さいほうの私。私と彼の手のひらの大きさは、ひと回り以上差があって、握ったらこぶしごとすっぽり包まれてしまいそうだ。

……そういえば、まだ高村さんとちゃんと手を繋いだことってないな。

マスター夫妻公認の仲になったとはいえ、『Plumtree』の店内で繋ぐわけにもいかないし、ふたりで会うのは常にこのマンションだから、機会がないのだ。

好きな人と手を繋ぐのって、無条件に憧れる。この大きな温かい手でぎゅっと握ってもらえたら、安心できそうだけど――

「またなにかふしだらなことを考えてるだろう」

「！」

やっぱり繋ぐなら、指を絡めるスタイルの恋人繋ぎか――なんて妄想をしていたところで、はっと我に返る。そして、もうとっくに絆創膏を巻き終わっていた手を引っ込めた。

「……髙村さんって、私の心を読む天才ですか」

「もはや隠す気がないんだと思っているが」

言い当てて笑う――というよりも苦笑いしている彼にとって、私の思考なんて透けて見えるのだろう。一応、隠すつもりはあるのに。

「楓佳は本当に」

こういうときに言われそうな言葉はだいたい予想がついている。「わかりやすいヤツ？」それとも「単純？」最もよく言われるのは「面白い」だから、それもあるかもしれない。ところが。

「──かわいいよ」

彼の唇が紡いだのは、未だかつて一度も聞いたことのない形容詞だった。

「今、かわいいって言いました？」

予想外すぎて、頭のなかで「本当にその単語だった？」と精査する時間を要したため、確認が数秒遅れになってしまう。

「言った」

「えっ、髙村さん、私のことかわいいって思ってくれてるんですか？」

「それ、恋人に対する質問として間違っていないか？」

「だ、だって……髙村さん、私のことそういう風に褒めてくれたことなかったからうれしくて……信じられないというか」

ムッとした表情をする前に、少し考えてみてほしい。面白いとか、見てて飽きないとか、そういう言葉ばっかりで、女性としての私をどう思っているかを明言してくれたことはなかったじゃないか。

「ふうん、言われるとうれしいものか？」

「それはそうですよ。誰だって、好きな人にはかわいいって言ってもらいたいです」

客観的に見て地味で平凡なのは承知のうえで、それでも彼氏である髙村さんにだけはかわいいと思ってもらいたい。私が彼の彼女でいても構わないのなら、それくらいの願いは持ったっていいだろう。

「ならいくらでも言ってやる」

彼はぽん、と私の頭の上に手を乗せた。そして、愛おしむように撫でる。

「……かわいい、楓佳。困った顔も恥ずかしがる顔も、ずっと見つめていたくなる」

うわ――うわわっ……！

この至近距離での『かわいい』と『頭なでなで』は、破壊力がありすぎる。

「だから、俺だけを見ていろ。いいな」

「……はいっ！」

私は主人にしっぽを振る犬のような勢いで答えた。

「よそ見をしないで俺だけを好きでいてほしい」ってことだよね。つまりそれは、彼も私を好きでいてくれてるからであって……愛情表現が控えめな彼から、そんな情熱的な言葉を聞けるとは思っていなかった。

――今の私には、髙村さんだけしか見えていないので、大丈夫です。

私は心のなかで密かにそう付け足したのだった。

第五章　私は利用されていただけ？

お互いの年齢に似つかわしくないゆっくりペースではあるものの、私と髙村さんのお付き合いは平穏かつ順調に続いていた。

風向きが変わったのは、それから四ヶ月が経った一月中旬。このころになると、土日はなにか特別な用事がない限り、髙村さんのマンションで過ごすようになっていた。

といっても、まだお泊まりする覚悟はないので、一緒に夕食をとったあとに帰宅する形を貫いている。髙村さんも夜に思う存分執筆に集中できることもあり、そのほうが都合がいいのだ。

髙村さんの彼女になって五ヶ月。そろそろ最後の一線を踏み越えてもいいのかと思いつつ、ようやくキスのときに息を止める癖が抜けてきたところなので、彼と大人の関係になる日がやってきたら自分がどうなってしまうのか——想像ができない。

先月はクリスマスや年越しというカップルの一大イベントがあったにもかかわらず、彼は仕事が忙しかったようで、『余裕のあるときに仕切り直させてくれ』と言われている。

ここでなにか進展があるかも――と少し期待してしまったのは事実だけど、彼に無理を強いたいとも思わないので、いずれも食事をバージョンアップしてささやかに過ごした。それはそれで、楽しかったから不満はない。

「ちょっと散歩に出てくる」

「はーい」

髙村さんは、一日に一回は気分転換をするために散歩に出る。ついでに簡単な買い物を済ませることもあるけれど、基本的にはマンション周辺をひたすら歩くだけ。そうすると、文章に行き詰まっていても突破口を見出せるらしい。

個人的には、あんなに素敵な車を持っているのだから、気晴らしにはドライブがうってつけなのではと思うのだけど、運転に集中すると思考がおろそかになるから、完全なるオフのときにしか使わないらしい。……もったいない。

玄関で髙村さんを見送ったあと、時計を見ると十五時半。あらかた掃除は終わったので、早めに夕食の下ごしらえをしてしまおうか。

最近は寒い日が続くので、煮込み料理がいいかなと思い、メインはホワイトシチューに決めた。バゲットを添え、副菜はほうれん草とたまごのココット。

シチューやココットはできたてが熱いから、髙村さんからは不評を買いそうだけど、寒い時期にしか積極的に作れないものだから、大目に見てもらいたい。

シチューに入れる野菜を切っていると、玄関の扉を解錠する音が聞こえた。

髙村さんが帰ってきたのだろうか。その割には早すぎる。まだ出発して十分も経っていない。……忘れ物でもしたのだろうか？

作業をいったん中断して、軽く手を洗い、玄関に向かうため廊下に続く扉を開けた。

「!?」

そこにいたのは髙村さんではなく、ものすごく美人な女性だった。

ちょっとキツめで印象的な目に、黒々とした長い睫毛。逆三角形の小さな輪郭。メイクも洗練されている。

こなれた茶髪は柔らかなウェーブを描いており、ツヤツヤしていて、スタイルは抜群。黒のジャケットとスリムパンツにダークグレーのインナーを合わせたファッションが、整った顔立ちも相まっていかにもデキる女性という印象を与える。動物に例えるとしたら、間違いなく猫だ。ロシアンブルーとかアビシニアンみたいな、キリッとしたカッコいい雰囲気の。

この女性も、目の前で立ち尽くす私の存在にすぐ気が付き、ただでさえ大きな瞳をさらに大きく見開いている。驚きのあまり、ベージュのトートバッグと一緒に持っていたスーパーの袋の取っ手が、細い手首からするりと抜け落ちそうになった。

「……どちらさま？」

どうにか袋の取っ手を持ち直しつつ、明らかに警戒した硬い声音で彼女が訊ねる。

「えっと……私、高村さんとお付き合いさせていただいている、立花という者ですが」

答えてしまってから、彼に確認を取らずにそんなことを言ってよかったのだろうかと不安になる。

「お付き合い……？」

私の不安を煽るように、女性の眉がぴくりと跳ねた。

「ちなみにあなたは、高村さんとはどういうご関係で……？」

なんとなく訊くのが怖い気がするけれど、訊かないことにはこの場が進まない。

「失礼しました。私は、鶯出版第一編集部の萱李衣菜と申します」

自らが名乗らないまま、私に名前を訊ねたことに対する詫びを入れた彼女。出版社の編集部――つまり、担当さんということだろうか。

あまりに美しい方だし、インターホンも鳴らさず勝手知ったるがごとく入ってきたから、よもや高村さんのガールフレンドではと案じたけれど、杞憂だったようだ。

「今、彼は散歩に出ているんです。御用でしたら、本人に連絡いたしますが」

「いえ、こちらから連絡を入れますので」

「承知しました」

私は萱さんが髙村さんとの電話を終えるのをその場で待った。

「あと十分程度で戻るみたいなので、そのまま待たせてもらいますね」

「はい、どうぞお上がりください」

うなずいて、ひとまず彼女に部屋へ上がってもらうことにする。それまでの間を繋がなくてはならない。紅茶を淹れて、ダイニングテーブルの椅子にかけてもらった萱さんにお出しする。

「今日は、お仕事の件で？」

彼女は頭を下げたあと、「はい」とうなずいた。

「もらった原稿について、口頭で確認したいことがいくつかあって……でも、立花さんがいらっしゃるなんて知らなかったもので」

「最近、土日はお邪魔していることが多いんです」

「……なるほど、だから……」

「え？」

「いえ、こちらの話です。お気になさらず」

萱さんが合点がいったとばかりに低めのトーンでつぶやき、不快そうに眉根を寄せたけれど、それもたった一瞬。すぐに快活な笑みを浮かべる。

「私、唯人のデビュー作から彼の作品に携わっているんです。もう、三年以上の付き合いになりますね。あのヒット作も、二人三脚で作り上げたもので」

「そうなんですか」

え、名前を呼び捨て？

……と面食らいつつも相槌を打ってみるけれど、「あのヒット作」がなにを指すものかはわからない。オカルト系の本って、どれくらい売れればヒットなんだろうか、と頭の片隅で考えてみる。

「いい本を書く作家はたくさんいますけど、唯人の場合はそれにプラスしてかならず売れる本を書いてくれるんです。とても心強い存在ですよ。彼はもっと素晴らしい作品を書き続けるでしょうから、その才能を潰さず、さらに開花させるのが私の使命ですね」

髙村さんは自分が書いている本については話したがらない。こちらが突いてようやくヒントらしきものは出してくれるけれど、それを知ったところで作品までは辿り着かないような内容だ。

間口が広いとは言えないジャンルで好調な売り上げをキープし、担当編集者にここまでの賛辞を言わしめる髙村さんは、かなりすごい作家なのではないだろうか。ますます彼の本を読んでみたい衝動に駆られる。

「……そんなにすごい作家さんだったなんて、知らなかったです」

「え、立花さん、もしかしてご存じないんですか？　唯人の書いた本」

驚いた萱さんが発した言葉に、ちょっとだけ優越感が漂っていたように感じたとき、再び玄関の扉の鍵が解錠する音が聞こえた。今度は間違いなく髙村さんだろう。

すると、その音に反応して萱さんが立ち上がった。足早にリビングダイニングを抜けて玄関に向かう。私もそれを追いかけた。

「唯人、おかえりなさい」

「今日来るなんて話、してたか？」

靴を脱いだ髙村さんが、開口いちばんに萱さんへ訊ねる。

「してないけど、どうせ家で仕事してるだろうからいいかな、と思って。今までだってそんな感じだったじゃない」

編集担当との肩書きを聞いて、無条件に安心してしまっていたけれど——髙村さんと萱さんは、ただの作家と担当編集者の枠を超えているように思う。友達同士のような呼び捨てやフランクな話し方もそうだし、アポイントメントを取らずに家にやってきたりできるところもそう。そもそも髙村さんの自宅の鍵を持っていること自体もおかしい気がする。

三年も組んで仕事をしていると、こんな風に親密な関係性を築けるものなのだろうか。ましてや、男女だというのに。

「おかえりなさい、髙村さん」

萱さんの後ろから、髙村さんに声をかける。「ただいま」と返した彼は、私を手招いて自分の横に立たせ、萱さんのほうを向いた。

「萱、紹介する。立花楓佳。今、お付き合いしてる人だ」

彼の口からはっきりと付き合っていることを明言されてホッとする。

目の前で美男美女がとても親しげに言葉を交わし、合鍵も持っている関係だと知ると、なにかあるのではと勘繰ってしまうのは仕方ないだろう。

でも、こうやって萱さんに直接、私との関係をはっきり伝えてくれるなら話は別だ。

「知ってる。さっきご挨拶させてもらったわ。今度はいつまでもつかしらね」

含みのある言い方で萱さんが笑った。

「立花さんは本当に勇気があるわ。尊敬します」

「どういう意味ですか？」

私が訊ねると、萱さんは「あら」と小さく声を上げる。

「お付き合いをされているなら当然ご存知でしょうけど、唯人は私と一緒に仕事をしている三年ちょっとの間だけでも、片手で収まらない人数の女性と付き合ったり、別れたりを繰り返してるんです。しかも、ひとりあたり三ヶ月ともったためしがなくて」

萱さんの私を見る目が挑戦的と映るのは、彼女と髙村さんとの距離の近さに私が嫉妬を覚えているせいなのかもしれない。

「概ね正しいが、心配無用だ。彼女は今までの女とは違う」

「……へぇ？」

寸分の迷いもなく断言する髙村さんに、萱さんの得意げな顔が引きつる。

「ぜひ聞かせてもらいたいわ。立花さんが、これまでの彼女となにが違うのか」

「彼女と一緒にいたら、萱の言ってた『俺の作品に足りないもの』を補ってくれそうな気がするんだ。この意味、わかるよな？」

私にはちっともわからない。けれど、萱さんの様子を見る限りでは、十分に伝わっているらしい。痛いところを突かれたような険しい表情で嘆息する。

「ああ、そう。素晴らしい出会いに感謝しなきゃ。じゃ、今後もいい作品を期待してるわ。……急用を思い出したから、これで失礼するわね」

お仕事の話をしにきたはずが、それらしきやり取りは一切ないまま、彼女はリビングダイニングへの扉を潜った。そしてトートバッグを持って舞い戻ってくる。

「どうぞ末永くお幸せに」

内容とはそぐわない、嫌悪さえ感じさせるニュアンスを含ませたフレーズを言い残し、萱さんは帰ってしまった。

「……なんなんだ、アイツは」

「口頭で確認したいことがある、みたいなことをおっしゃってたんですが」

私と髙村さんは顔を見合わせ、互いに首を傾げる。

リビングダイニングに戻ると、ダイニングテーブルには買い物袋が置かれたままになっていた。隙間から見えるのは、ハムに野菜、たまご、食パンなど。サンドイッチでも作ろうとしていたようなラインナップだ。

「これ、萱さんが置いて行かれたんですが……」

買い物袋を持ち上げて示すと、髙村さんは意外に思う様子もなく「ああ」とうなずく。

「なにか食事でも作ろうとしてたのかもな」

「そういうことってよくあるんですか？」

「原稿の話のついでに、食事の準備や掃除やってくれることもある。そこまでしなくていいとは言ってるんだが、『そこも含めて仕事だから』って」

「……そうなんですね」

サンドイッチは食べやすさから、髙村さんが好むメニューのひとつだ。普段からこの家で食事を作る機会がある彼女なら、それを知っていても不思議はない。

そういえば、以前髙村さんの口からも「担当編集が世話焼き魔」だと言っていたのを思い出した。なるほど。それは彼女のことだったのか。

正直、外野の私としてはやりすぎではと思わなくもない。何度考え直してみても、距離が近すぎるのではないか。

ただ、萱さんが髙村さんのお世話をしたくなる気持ちはよくわかる。仕事に打ち込むのはいいのだけれど、それ以外のことに無頓着すぎるのだ。とりわけ食事に関しては、放っておけば「丸一日なにも食べてないことに気付いた」なんて言ってる姿を容易に想像できるから、頻繁にやり取りをする間柄なら、健康に支障をきたす前にフォローしなければという使命感が芽生えることもあるだろう。

……髙村さんが私を彼女として紹介してくれてからの萱さんの態度がなんとなく引っかかるような気がするけれど、作家としての髙村さんに惚れ込んでいる彼女にとっては、変な虫が付いたことによって創作に対するモチベーションが削がれるのが困るとでも思ったのかも。

だとしたら、萱さんの警戒はそのうち解けるに違いない。私は髙村さんのお仕事を邪魔するつもりは一切ない。お仕事を頑張っている彼が好きで尊敬している。ゆえに、私と付き合っているためにお仕事がおろそかになる――という展開にはならないだろうからだ。

いや、今は、そんなことよりも――

「髙村さん、さっき言ってくれたこと、本当ですか？ ……私が、今までの彼女とは違うって」

彼がかつての恋人たちと三ヶ月ももたなかったという話はまあまあ衝撃的で、心許なく思ったのは事実だ。けど、私と彼のお付き合いはその三ヶ月を超えているし、付き合う前に、お付き合いする女性がこぞって仕事第一の考え方を許容してくれないと嘆いていたのも知っている。

なにより、私のことを特別だと言ってくれたのがうれしい。ああやって第三者にきっぱりと言い切ってくれるのは、彼自身にもその確信があるからなのだろう。彼は変わったところがある人だけど、思ってもいないお世辞や、他人によく思われるための誇張は絶対に言わない人だから。

「そんなこと言ったか？」

「しっかり言ってました！　……えっ、聞き間違いじゃないですよね？」

とぼけられてしまったので、勘違いだったかと不安になる。……もしそうなら、私の耳はよほどおめでたいということになる。

「安心しろ。幻聴じゃない」

「で、ですよねっ！　ありがとうございます！」

「そんなに満面の笑みでよろこぶな。こっちのほうが恥ずかしくなる」

後頭部を掻いた彼が、きまり悪そうに視線を外してつぶやく。……もしかして、照れてる？

「……髙村さんでも照れたりするんですね」

「一応、人間だからな」

髙村さんはそう言うと、ダイニングテーブルに両手を着いた。体重を乗せるように寄りかかり、視線を俯かせた。

「──今まで、女と付き合うのは面倒だと思っていた。機嫌を損ねないように仕事を工面して構ったり我儘を聞いたりするのに辟易していた。でも、楓佳は違った。俺の気の済むまで仕事をさせてくれるし、その間に家事を担って陰から支えてくれる。それがすごくありがたいし、ホッとする」

不意に彼が顔を上げた。そして、柔和な眼差しで私を見つめる。

「誰かと付き合っていて、こんなに穏やかな気持ちでいられるのは初めてだ。本当に俺のことを想って行動してくれているのが伝わってきて、心が安らぐんだ」

「髙村さん……」

「俺も楓佳にとってそういう存在でありたいとは思うが、自分のことで精一杯で、なかなかできないのがもどかしい」

「そんなことないです！」

私は勢い込んで言った。

「……そんなことないです。私にとっての髙村さんも、ホッとして心安らぐ存在です。普通のカップルからしてみたら、一緒にいるのにふたりの時間って少ないと思われるのかもしれないですけど……私は家事をしている時間も──いえ、それ以外の時間だって髙村さんのことを考えてますから、全然寂しくないですし、楽しいです」

高村さんが私のことをそんな風に考えてくれていたなんて感激だ。思わず涙ぐみそうになりつつ、それを堪えて自分の気持ちを述べる。

すると、それを聞いていた高村さんがテーブルから手を離し、やれやれとでも言いたげに軽く肩を竦めた。

「無意識だろうが、結構恥ずかしいこと言ってるってわかってるか？」

「え？　あっ……」

『私は家事をしている時間も——いえ、それ以外の時間だって高村さんのことを考えてますから』

——これじゃずっと高村さんのことで頭がいっぱいですって言っているのと一緒だ！　それに気付いて、頬が急激に熱を帯びてくるのがわかる。

「まったく……」

呆れた口調の割りに、彼は壊れものを扱うみたいに優しく私を抱き寄せた。

「——俺以外にそういう顔は見せるなよ」

「は、はいっ……！」

彼の胸に抱き留められながら、ときめきと羞恥が溢れて止まらない。緊張を押し隠すためにきびきびと返事をすると、それすらお見通しとばかりに、高村さんがいたずらっぽく笑う。

「いい返事だ。じゃあこれは、ご褒美だな」

髙村さんが片手で私の後頭部を掬うように引き寄せ、キスをする。柔らかな感触を確かめるように食んだあと、ちゅっと微かな音を立て、彼の唇が離れていく。

「……ずるいです、こういうの」

きゅんとする台詞のあとにキス。甘苦しい連鎖に耐性がないと知っているのに、わざとするなんて。せめてもの抵抗で、彼の胸を軽く押した。

「じゃあもうしない」

「……意地悪。またしてください」

「考えておく」

拗ねた風に言うと、髙村さんが瞳を細めておかしそうに笑った。

――この人には敵わない。というか、ずっと彼に翻弄されていたいとさえ思うのだから、私も相当なものなのだろう。

好きな人に好きでいてもらえるってこんなに幸せなんだ。こんな感情、髙村さんとお付き合いしなければ、この先ずっと知ることはなかったかもしれない。

これからもずっと、髙村さんの笑顔を見つめていたい。

そんな私の願いを打ち砕くできごとが起きたのは、それから二週間後のことだった。

◆◇◆

その日も二週間前と同様に、高村さんが不在のタイミングで萱さんが訪ねてきた。ほんの少し違ったのは、彼女が私の存在を意識したのかインターホンを押してきたことだ。

「高村さん、出版社の方と打ち合わせがあるとかで外出中なのですが……」

「他社の担当と会ってるって聞いてます。休日なのにご苦労様だわ」

「……………」

それを言うなら、萱さんも日曜日に稼働していることになるのだけど、私は敢えて触れなかった。他社の担当と約束があると知りながら、こうして訪ねてきた理由のほうがよっぽど気になったからだ。

「今日は立花さんに用事があって来たんです。少しお話できます？」

「はい、それはもちろん……」

萱さんが私に？　なんだろう。

妙だとは思ったけれど、断る理由もないので部屋に上がってもらうことにする。合鍵を渡している萱さんなら、家主の不在の間に招いても問題ないだろう。

「お邪魔しますね。……あら、いい匂い」

リビングダイニングに入ると、萱さんが室内に漂うホワイトソースの香りに気付いてそうこぼす。

「昼食の準備をしてたんです。髙村さんが帰ってきたらすぐ食べられるように、と」

萱さんがまとっている、ムスク系の香水の匂いのほうがよっぽどいい匂いだと思いつつ、キッチンの作業台のうえであとは焼くだけとなっているグラタンを示して言った。

「素敵ですね。唯人、よろこんでいるでしょう。でも、ああ見えて食べ物の選り好みが激しいから、ご苦労も多いんじゃないかしら？」

彼女が『唯人』と呼ぶ声の響きが、どうしても仕事仲間に対するそれに聞こえなくてモヤッとした。そのあとに続く言葉にしても、いかに彼女が彼を知っているかを示したいという意思が伝わってきてしまう。

「そうかもしれませんね。でも、作ったものは完食してくれるので、料理をするほうとしては気持ちがいいですよ」

「私の代わりに家事をこなしてもらって助かります。びっくりしたでしょう。唯人ってあんなに素晴らしい本を書くくせに、私生活は本当にいい加減なんだもの。こちらのほうが気になってしまって、つい面倒を見たくなってしまうんですよね」

「……ええ、はい」

萱さんの代わりに、という気持ちで家事をしているわけじゃないのに。私は困惑しつつうなずく。

「服の趣味だってかなり適当だったのよ。せっかくあの恵まれたビジュアルなんだから、絶対に気を遣ったほうがいいって、今の服は全部私が見立てたの。唯人の意向もあってメディアには露出しないことにしているけど、万が一ってこともあり得るじゃない」

「髙村さん、お洋服の趣味がすごくいいなと思ってたんですけど、萱さんが選んでらっしゃったんですね」

「そうなんです。本人は『なんでもいい』とか言うから、私の好みのものを着てもらってる感じですね。なかなか似合ってるでしょう？」

「……はい、とても」

なるべくマイナスの感情が表に出ないように気を付けて答えるけれど、マウンティングを取るかのごとく発言が次々と繰り出されて、辟易してしまう。

「あら。立花さんも本を読まれるんですか？」

そのとき、ダイニングテーブルの上に置いていた、ヌメ革のブックカバーがかけられた本を見つけた萱さんが、何気なく訊ねてくる。

「はい。恋愛小説ばっかりですが」

……高村さんが書いているような、オカルト系には無縁だ。なんて言ったら、萱さんにまた得意げな顔をされてしまいそうだ。

「拝見しても？　こういう仕事をしていると、他人がどんな本を読むのか気になってしまって」

「どうぞ。ここ一年では、いちばんのお気に入りなんです」

快くうなずくと、彼女は本を手に取り、表紙を捲った。中身は久遠唯人の『彼と私と人魚の涙』だ。最近、また再読している。

「……ふうん、そうなんですね。ありがとうございます」

――ありがとう？　なんで萱さんがお礼を言うんだろう。

「王道だけどいい話ですよね。私も結構好きですよ、これ」

「ですよね。ドラマチックで、ドキドキしながら何度も読んでます。……私、久遠唯人さんの昔からのファンなんです。デビュー作からずっと追いかけていて」

まさかこんなところで彼の本の話ができると思わず、うれしさでつい饒舌になる。彼女もその本が好きなら多少は乗ってきてくれるかと思いきや、それまで余裕そうな笑みをキープし続けていたその表情が初めて曇った。手にしていた本を閉じ、テーブルの上に戻す。

「……唯人がファンに手を出すようになったなんてね」

「え？」

「恋人は自分が作家であると知っていても、作品には興味がない女性のほうが楽だ、みたいなこと言ってたんですけどね。やっぱり面と向かって褒められるとうれしくて心を開いてしまうものなのかしら」

「……あの、おっしゃっていることがよくわからないんですが。久遠唯人さんがなにか関係あるんですか」

萱さんの言う『唯人』が、誰を指しているのかがわからなくなって混乱する。ファンに手を出すって、いったいなんの話なのだろう？

「関係あるもなにも、あなたの恋人の話をしているんですけれど。……もしかして、ご存知ないの？」

私の反応を見て、彼女はまた勝ち誇ったような顔で笑った。

「あなたの恋人は、久遠唯人という大ベストセラー作家なんですよ。この本は、私と唯人のふたりで作り上げたものなんです」

頭をガツンと殴られたような衝撃に、めまいがした。

「だって、そんな……うそです。髙村さんは、オカルト系のルポを書いてるって」

そうかもしれないと思ったこともあった。私の初めてのデートに付き合ってくれたあの日。お気に入りの小説に沿ったデートコースで、私をときめかせてくれた。

でもそのあと、髙村さん自身が『小説を参考にした』と種明かしをして終わったはず。

なのに――彼は本物の久遠唯人だったというの？　そんなこと、あり得ない。

「オカルト？　そんな話初めて聞いたわ。……信じられないなら、書斎を覗いて確認してみては？　証拠なんていくらでも出てきますよ」

「……で、でも」

書斎のある廊下のほうを顎で示した萱さん。けれど、髙村さんと書斎へは入らない約束を交わしている。彼がいない隙になかを覗くなんて、してはいけないことだ。

躊躇していると、萱さんが私の肩にそっと手を乗せた。そして、顔を覗き込むように、華やかなメイクに彩られた目元で私を見つめる。

「責任は私が取ります。あなただって自分の目で確かめたいでしょう。愛する恋人の正体が、自分の好きな小説家なのかどうか」

「……………」

――どうしたいかと問われれば、すぐにでも確かめたい。

自分の大好きな作家であるかどうかも非常に気になるけれど、そうでなくても、髙村さんが普段どんなお仕事をしているのか、恋人として把握しておきたいという気持ちがある。

「決まりですね。付いてきてください」

どことなく愉快そうな萱さんのあとを付いて、書斎の扉の前に立つ。『証拠なんていくらでも出てくる』と言い切っていたから、私が一度も入室を許されていないこの部屋に、彼女は入ったことがあるのだろう。

淡いピンクのネイルが施された指先で、萱さんが扉を開ける。

室内は想像以上にきれいだった。部屋の中央のやや壁際にウォルナット素材のデスクと、背凭れの高いオフィスチェア。奥にはデスクと同じウォルナットの本棚が所狭しと並べられている。

――あ、この作家さん、読んだことある。……この人も。

室内に入った私は、目に入った本棚をひとつひとつ確認していく。どの棚も恋愛小説が多く見受けられ、私が読破している本や、知っている作家の作品も多数あった。

そして、いちばん端、壁にくっつけるように配置されている本棚には、同じ作家の本が数冊ずつ、ずらりと並んでいる。私の家にも同じ本が揃っているから、すぐにわかった。

久遠唯人の本だけが並んでいる棚――

「オカルトのルポでしたっけ。そんなもの、一切ないでしょう」

「……そう、ですね」

彼の書いている本が本当にオカルトであれば、これだけある本棚のどこか一部にでもそれらしきものが置いてありそうなのに。……見つけることはできなかった。

現実を示されてなお半信半疑という私に、萱さんは親切ぶった笑みを向けながら、棚の下段から一冊の大学ノートを引っ張り出してきた。そして、私の前で開いてみせる。

「あなたが久遠唯人のファンだと言うなら、これを見せて差し上げるわ」

「これは……？」

「さっき話題に出た『彼と私と人魚の涙』のプロットです。唯人はプロットをかならず手書きで作るんですよね。ところどころ図や注釈を挟みながら、何ページにもわたって細かく設定が書き起こしてあって」

「…………」

私は彼女からノートを受け取ると、ページ全体がびっしりと文字や図で埋め尽くされたプロットに目を通す。ちょっと癖のある尖った字は、いつかもらったファンレターの返事に書かれていた字とよく似ている気がする。

それに――紫苑と蒼一が訪れた海岸も、あの海辺のレストランも、私が髙村さんに連れていってもらったのと同じ場所であることがわかった。

『もともと穴場ではあるんだが、それでもこの時季は混雑してるときが多いんだ』

『へぇ。詳しいんですね』

『一時期よく来てたからな。最近は、全然だけど』

不意に、あのときの他愛ない会話を思い出す。あのときはかつての彼女と訪れたのかなと思っていたけれど、お仕事のための取材だったのだとしたら……?

ノートを持つ手がかたかたと震える。これを突き付けられたら、髙村さんは久遠唯人だったと信じざるを得ない。

萱さんが続けてなにかを話しているけれど、すんなりと頭に入ってこない。辛うじて、髙村唯人という名が本名であり、萱さんと相談して『久遠唯人』という、あまり他作家と被らず、繊細なイメージのあるペンネームを持つことにした、というエピソードだけ聞き取ることができた。

……萱さんの言っていることは本当なのだろうけれど、まるで昨日見た夢の話を聞かされているみたいに、現実感がない。事実が受け入れられなくて、ついぼんやりしてしまう。

「信じられない気持ちはわかるわ。悪いことは言わない、唯人とは別れたほうがいい」

思いがけずショッキングな言葉を浴びせられ、思考を覆っていた濃霧がぱっと晴れた。

「……どうして、別れなきゃいけないんですか？」

「ただ好きなだけじゃ、あんな超が付くほど有名な作家と付き合っていけないわ。唯人はあの通り仕事のことしか考えられない人だし、絶対的なサポートが必要なのは身をもってわかったんじゃない？　彼を支える覚悟がなければ、この先遅かれ早かれ別れることになるでしょうね」

「た、確かに、高村さんが久遠唯人さんだとは知らなかったですけど――でも、だからといって、彼を支える覚悟がない、なんて話にはならないです。今までも極力お仕事に集中してほしくて、こうしてお互いに納得のできる形で会うようにしていましたし、それは久遠唯人さんだとわかってからも変わらないと思います」

高村さんの正体が誰であっても、彼の仕事を尊重したい気持ちは本物だ。……確かに、思ったよりも有名な作家さんであることに動揺はしているけれど、そうと知ればなおさら協力したいと思う。

「――それに、私と高村さんはお互いに想い合ってお付き合いしています。別れるかどうかは、私と高村さんが話し合って決めることだと思います」

なにより、私と高村さんの問題に萱さんが口を出すことに対して違和感を覚える。彼女は担当編集さんとして、『久遠唯人』によりいい作品を書いてもらうためにそう言っているのかもしれないけれど……そこまで立ち入ってくるのはさすがにやりすぎではないだろうか。

「大人しい顔して、意外と言うわね。でも、笑っちゃうわ」

気が動転しているなりに言い返した私に、萱さんは一瞬だけ怯んだ顔をしたけれど、すぐにあの余裕っぽい笑顔を取り戻した。

彼女は少し苛立っているのか、口調に棘が出てきたように思う。今までは、丁寧語のオブラートでそれを覆い隠していたようだけど、それが取れて剝き出しになってしまった状態だ。

「お互いに想い合ってお付き合いしてる——でしたっけ？　唯人があなたのことを好きな根拠ってなに？」

「……そんなこと、私が聞きたいくらいです」

訊かれても困惑してしまう。彼は私のことを面白いとか、一緒にいるとホッとするとか言ってくれるけど、自分ではその理由があまりよくわかっていないし、そもそも彼が本当に久遠唯人なのだとしたら、なぜ私のような凡人と付き合う気になったのか。未だに自信が持てない部分はある。

「じゃあ教えてあげるわね。唯人があなたと付き合ってるのは、あなたが唯人のファンだから。……唯人がうちから出す新作はね、恋愛小説家とそのファンの恋を題材にしているの。つまり、唯人はあなたが好きで付き合っているんじゃない。仕事のために利用しているだけなのよ」

「仕事のために利用……？　髙村さんが、私、を？」

萱さんはちょっと意地悪に笑うと、髙村さんのデスクの上にあった大学ノートを拾い上げる。

「あら、ちょうどここにあるじゃない。これが新作のプロット」

ノートを捲って中身を見る。ヒロインの名前は風香。漢字こそ違うけれど、私と同じ名前だ。そして、ヒーローの名前は高村。恋愛小説家だ。

「――これ、は」

プロットの概要を読み進めていく。物語は高村の一人称視点で進行する。なじみのカフェで出会った高村と風香。風香は高村のファンだが、高村は風香に自分が小説家であることを隠している――

「リアリティのある作品にするには実体験が伴わないと、現実味に欠けるでしょ。作品のために利用されてるなんて知らずに、可哀想ね」

萱さんの台詞にはっと顔を上げた。

「た、高村さんは……そんなことをする人じゃ……」

「あなたに唯人のなにがわかるって言うの？　私は彼と三年以上も一緒にいるの。……いい？　よく考えて。どうして唯人は自分の正体を隠していたと思う？　彼が本当にあなたを好きで大事にしたいと思うなら、すでに打ち明けているはずじゃない？」

「………」

――確かに。どうして私は、髙村さんが久遠唯人であると教えてもらえなかったのだろうか。

私が久遠唯人のファンだから？

……いや。なら逆に教えてくれそうなものじゃないだろうか。教えてくれないのは、自分の正体がバレると困ることがあったから……？

「小説を書くために、あなたと付き合う必要があっただけよ。これでわかったでしょう」

萱さんの言葉が、ずんと重たく圧し掛かってくる。

「あなたには同情するわ。あなたにもプライドがあるでしょうから、唯人に幻滅したなら、傷が浅いうちに別れたほうがいい。私からの忠告よ」

私はもう一度ノートの中身を読んだ。風香と髙村。髙村は自分が書いた小説に登場する海岸やレストランに風香を連れていき、風香を楽しませる。髙村は、そこで風香への恋心を自覚し、彼女にキスをする――

私と髙村さんの恋物語が、そっくりそのまま書かれている。私はしばらくの間、そのノートを眺めたまま立ち尽くしていた。

「急に帰ったりして、具合でも悪いのか？」

電話口の髙村さんが、心配そうに訊ねる。

あのあと萱さんとふたりで髙村さんの部屋から戻ってきたと同時に、彼が帰ってきた。萱さんには「この話は内緒」と念を押されていたのだけど、受け入れがたい真実に参っていた私はそのうち顔に出てしまいそうで、早々に帰ることにしたのだ。

「いえ、そういうんじゃないんですけど……」

「様子も変だったし。萱となにかあったのか？」

隠そうにも、私の動揺は髙村さんに筒抜けだったようだ。そういう意味では、帰ってきて正解だったかもしれない。

「なにも、ないです。心配かけてすみません」

「……それならいいが」

頑なに認めない私に折れるように、髙村さんがため息を吐いて言った。

「──思ってることがあったら、言ってくれていいんだからな。たまには頼ってもらわないと困る」

彼の声音は優しく穏やかで、私を安心させてくれようとする響きがある。

いつもなら彼の優しさに感激するところだ。だけど萱さんの話を聞いたあとでは、もしかしたら演技なのだろうか、という疑念が抑えられない。

「……ありがとうございます。その言葉だけで十分です。……あの、また連絡しますね。今日はこれで失礼します」

――だめだ。私はすぐに思考が表に出てしまうから、このまま話し続けていたらボロが出る。私は手短に挨拶を済ませて、一方的に通話を切った。

枕元にスマホを置いて、ベッドに大の字を描く。……休日の、まだ外が明るい時間に自分の部屋で過ごすのは久しぶりだ。このところ、日中はずっと髙村さんのお家で過ごしていたから。

髙村さんが久遠唯人だったなんて……未だに信じられない。

オカルト作家だと思い込んでいたのもあるけれど、彼と恋愛小説というのが頭のなかでどうにも結びつかない。世間的に少しズレたところのある彼が、あんなにロマンチックで情緒的な物語を書く人だったなんて――ただただ驚くばかりだ。

常に忙しそうにしていたのも、今ならよくわかる。彼ほど注目を集めている作家なら、小説だけではなく他作家の解説や文芸誌のコラム、その他私の目では追いきれないお仕事も多々抱えていたりするのだろう。私と同い年なのに、大人気恋愛小説家としての立ち位置を確立しながら激務をこなしている彼を、改めて尊敬する。

『唯人はあなたを好きで付き合っているんじゃない。仕事のために利用しているだけなのよ』

本来なら、そんな彼に選んでもらえるのは光栄なことなのかも、と思う反面、萱さんの、鋭いナイフのような言葉を思い出す。

……利用している？　本当にそうなのだろうか？

そうだとして、じゃあ、その仕事が終わったら——作品を書き上げたら、私はお払い箱になってしまうのだろうか？

私といると穏やかになれて、ホッとすると話していた髙村さん、でもそれは、私を信用させるためについていたうそだったのだろうか……？

彼とお付き合いを始めてから、こんな苦い気持ちの休日は初めてだ。

私は憂鬱な気分を引きずったまま、ほとんど眠ることもできずに翌朝を迎えたのだった。

◆◇◆

「楓佳ちゃん、久しぶり！」

「つぐみちゃん、元気だった？」

平日の仕事帰り、私は約三ヶ月ぶりにつぐみちゃんに会っていた。

つぐみちゃんは宣言通り九月末の退職と同時に地方に引っ越し、旦那さんと一緒に生活をしているのだけど、こちらの親戚に用事があるとかで彼女だけ一時的に上京しているのだと言う。

彼女から「少し会えないかな？」との連絡があり、久々に会うことにしたのだ。

待ち合わせ場所は『Plumtree』。「おすすめの場所はある？」と訊ねられて、思い浮かんだのがこのお店だった。私の定位置である奥のふたりがけのテーブルに先に座っていた私が、彼女の到着に気付いて立ち上がる。

「雰囲気のいいカフェだね。落ち着くというか」

「でしょ？　ご飯もすごくおいしいんだ」

「楓佳ちゃん、こちらがお友達？」

ふたり揃ったところを見計らい、マスターがオーダーを取りに来る。私が「はい」とうなずくと、つぐみちゃんも「はじめまして」と会釈をした。

「――なるほど。今日髙村さんがいないのは、お友達と会うのを知ってるから？」

「ちっ、違います、違います。言ってないので」

マスターは髙村さんの定位置に視線を送りながらニヤリと笑って訊ねた。慌てて否定するけれど、彼は同じ表情のまま顎に手を当てる。

「そうなんだ、てっきり『恥ずかしいから来ないでください！』とかって言ったのかと」

「いえいえ、そういうわけじゃないです！　えと、ミートソースドリアと、フレーバーティーのアップルを」

「私も同じもので」

恥ずかしくて、強引にオーダーモードに切り替える。と、つぐみちゃんもそれに続いて言った。

「かしこまりました。では、ごゆっくり」

オーダーを伝票に書き留め、追及を止めたマスターが厨房に引っ込んでいく。

——もう、マスターってば。つぐみちゃんには彼氏ができたことはおろか好きな人がいることさえも言っていないのに。つぐみちゃんが詮索してこなかったのが救いだ。

「新しい生活は順調？」

「うん、知らない土地で不安だったけど、楽しくやってるよ」

「ならよかった」

向かい側で微笑むつぐみちゃんは、三ヶ月前と変わらず幸せそうだ。なじみのない場所での生活は不便なことも多いのだろうけど、旦那さんがいれば心強いのかもしれない。

「……？」

つぐみちゃんが、やけに私をじっと見つめている。

「もし違ってたらごめんね。楓佳ちゃん、彼氏できた？」

「えっ⁉」

まさか急に言い当てられるとは思ってなくて、素っ頓狂な声が出てしまう。

私の反応で確信を得たらしい彼女が、うれしそうに笑う。

「やっぱりそうなんだ。……うん、なんとなく雰囲気、かな。髪型とか、メイクとか……あと服の感じも、かわいくなったなって。どんな人なの？　もしかして、さっき話に出てた髙村さん？」

私が言葉を挟む隙もなく、つぐみちゃんはまたしても鋭く言い当てた。びっくりして顔が熱くなる。

「前から思ってたけど、楓佳ちゃんって、うそつけないよね」

おそらく赤面しているだろう私に、彼女がおかしそうに言った。……まぁ、さっきの話を聞いていれば、あらかた予想はつくのかもしれないけれど。

「うん、実はそうなんだ……八月くらいから、お付き合いを始めて」

「じゃあ今は五ヶ月目？　結構経つんだね。順調みたいで、よかった」

「九月、十月、十一月」……と順番に数えながら指を折ったつぐみちゃん。意外そうに眉を上げて、それでもよろこんでくれた。

それから表情をきゅっと引き締めると、彼女が深々と頭を下げる。

「ごめんね、楓佳ちゃん」

「つぐみちゃん？」

「——楓佳ちゃんにはずっと彼氏ができたこと言わなきゃって思ってたんだけど、なかなか言えなくて。……私は楓佳ちゃんとお休みの日に会ったりするの、楽しくて好きだったけど、彼氏ができたってわかったら遠慮されちゃうかな、とも思って、言いにくくてね。そうやって気を遣ってくれるところがあるじゃない」

つぐみちゃんが顔を上げて、申し訳なさそうにこちらへ視線をくれる。

「だから一度ちゃんと謝りたいと思ってたんだ」

「そんなの、気にすることないのに」

私はぶんぶんと両手を振った。彼女から打ち明け話がなかったことを寂しく感じなかったと言えばうそになるし、その当時は少し悩んだのも事実だけど、それがあったから今の私と髙村さんの関係があるとも言えるわけで。むしろ、彼女には感謝しなければいけないのかもしれない。

「私からこんなこと言うのも図々しいけど……許してくれるかな？　楓佳ちゃんとは、会社を辞めてもずっと友達でいたいって思ってるから」

「もちろんだよ。私も、つぐみちゃんとは友達でいたい。……これからもよろしくお願いします」

私も彼女に負けないくらい深々と頭を下げた。会社の同期で、気の合う友達。つぐみちゃんは私にとって大切な存在だ。遠く離れて接点が薄れてしまうかも――との覚悟があったけれど、これからも仲良くできるなら、ぜひそうさせてもらいたい。

「ありがとう。改めて、よろしくお願いします」

つぐみちゃんがテーブルの上に右手を差し出したので、私も右手を差し出して、軽く握手をする。ふたりの間になんとなく残っていたわだかまりが解けたような気がした。

「――ところで、楓佳ちゃんの彼氏のこと、教えてよ。髙村さんってどんな感じの人なの？」

握手を解いたあと、つぐみちゃんが興味津々とばかりに訊ねてくる。私は「うーん」と少し考えてから口を開いた。

「……失礼で変で、面白くて、意地悪で。でもいざというときは優しい……素敵な人、かな」

――優しくしてくれているのは、表向きなのかもしれないけれど。

「いいじゃない。でもなんか顔が暗いよ。どうかした？」

日曜日、萱さんの話を聞いてからというもの、髙村さんを思うと苦しくなる。隠しごとの苦手な私は、また顔に出てしまったのだろう。

「……実は、彼が私のことを好きなのかどうか、わからなくなっちゃって……」

髙村さんが久遠唯人であることや、私が作品のために利用されているかも――というところまでは、どうしても話す気になれなかった。こんな現実味のない話をすんなり信じてもらえるとは思えないし、仮に信じてもらえたとしても、彼女も久遠唯人の小説のファンだ。彼に悪いイメージを抱いてほしくないという気持ちがある。

だいたい、この話は萱さんに口止めされているから、相手が信頼の置けるつぐみちゃんだったとしても、伝えるべきではないだろう。

「それは、どうして？」

「事情があって、あまり細かくは突っ込まないで聞いてほしいんだけど……私と彼の関係を知る人から、『彼は私を利用してるだけで、本当は恋愛感情なんてない』って言われたんだ。だから、自信なくなっちゃって……」

「そっか。なるほどね……」

あまり厳しい追及は受けたくないとの思いが、つぐみちゃんにも伝わったらしい。

彼女はなにも訊ねずに、小さく息を吐いてから言った。

「いろいろ考えちゃうのはわかるけど、やっぱりその人の気持ちって、その人本人にしかわからないものだから、直接彼に聞いて確かめるしかないよね。あと、変に第三者の言うことを信用するのもどうかなぁって思うよ。勘違いって場合もあるから」

「勘違い……」

萱さんがそう思い込んでいるだけ、ということもあり得るのだろうか。

「そう。だから、いちばんは本人に訊くことじゃないかな」

「でも彼、仕事が忙しくて……時間を作ってもらうのも申し訳ないような気持ちになっちゃうんだよね」

私としても、直接問い質して確かめたい気持ちはある。でも、彼の好きな仕事の時間を奪うようで、気が引けてしまうのだ。

「どんなに忙しくても、大切な彼女ならきちんと時間を取ってくれると思うよ。いざというときは優しい彼氏さんなんでしょ？」

『——思ってることがあったら、言ってくれていいんだからな。たまには頼ってもらわないと困る』

日曜日の電話で、髙村さん自身がそう言っていてくれたことを思い出す。

「……そうか、そうだね……」

なら、頼ってもいいんだよね？

髙村さん本人がどう思ってるか、それは髙村さんにしかわからない。当たり前のことだけど、つぐみちゃんに言われるまで気が付かなかった。

萱さんがあまりにも髙村さんと近い関係にあるから、彼女の発言が彼の意思であるかのように受け取ってしまったんだ。でも違う。髙村さんの本当の気持ちを確かめるには、彼に訊くより他はないんだ。

「ありがとう、つぐみちゃん。ひとりでモヤモヤしてないで、今度会ったときに確かめてみようと思う。訊かなきゃわからないもんね」

「そうそう、訊くまで勇気が要るかもしれないけど、頑張って訊いてみて。……なにかあったら、また相談してくれてもいいし」

彼女の励ましが心強い。私はふっと笑った。

「……なんか、こんな風につぐみちゃんと恋バナするの、初めてだね」

「私も同じこと考えてた。いつも、梅田さんと小嶋さんのを聞いてるばっかりだったもんね、ふたりして」

「そうそう」

これからは、つぐみちゃんともっとたくさんのことを共有できそうだ。

――私たちはそれから、おいしいご飯を食べ、お茶を飲みながら、お互いの好きな人の話や、好きな本の話など、この三ヶ月の空白を埋めるようにおしゃべりに没頭したのだった。

◆◇◆

つぐみちゃんのアドバイス通り、私は髙村さん本人の気持ちを確認することにした。

といっても、もし萱さんの話が真実なら、「私のこと、本当に好きですか？」なんて問いでは「好きだよ」と返されて終わってしまう。

重要なのは、彼が久遠唯人であり、ファンとの恋愛をテーマに小説を書いていると知ったうえで、それでも私と真剣に付き合ってくれているのかどうかを知ること。それには、先に私が彼の正体を知っていると示すことが必要だ。

次の週末、私はいつもと同じように午前中、髙村さんの家に行った。そしてブランチを作り、ふたりで食べたあと、「少しコーヒーでも飲みませんか」と彼をリビングダイニングに引き留めた。

「楓佳がコーヒーを飲むなんて珍しいな」

「前に髙村さんが紅茶に付き合ってくれましたよね。だからたまには私も、と思いまして」

食事の後片付けを済ませたダイニングテーブルに、ふたり分のコーヒーを置く。

「どうぞ」

「ありがとう」

それぞれのマグを手に取り、向かい合ってコーヒーを飲む私たち。

髙村さんはリラックスした表情をしているけれど、私は緊張感でどうにかなりそうだった。逃げ出したい気持ちを抑えて、つぐみちゃんの顔を思い出す。

――ちゃんと訊かなきゃ。髙村さんの気持ちは、髙村さんしか知りえないんだから。

「あの、髙村さんっ……ひとつ、お願いがあるんですけど」

ありったけの勇気を振り絞って訊ねた声は、情けないほど震えていた。

「ん？　どうした？」

微かに笑いながら彼が訊ねる。私の声の調子がおかしかったのだろう。

「私、やっぱり髙村さんがどんな本を書いているのか、知りたいです」

彼の表情から笑みが消えた。マグをテーブルに置いて、髙村さんが嘆息する。

「だから言ったろ。俺が指定したバイブルを読破したら考えると」

「読みます。全部読みます。でもその代わり、約束してください。全部読んだら明日にでもかならず書いている本を見せてくれると」

「……どうした、急に」

いつになく真剣に懇願する私の様子に、髙村さんもただならぬものを感じているらしい。神妙に訊ねてくる。

「恋人の書いている本を知りたい、というのはそんなに我儘な要求なんでしょうか。私はお仕事に対していつも真面目で一生懸命な髙村さんを尊敬しています。だからこそ、その努力の結晶を見てみたいんです」

いつもみたいにうやむやにされないように、いかに私が切望しているかを訴える。決して興味本位なんかじゃなく、髙村さんを想うからこそ理解したいのだ、と。

「……だから言ってるだろう。楓佳が読むような本じゃないと」

「私、どんな本でも驚いたりしませんよ。だから、心配しないでください」

「興味のない本は読む必要がないと言ってる」

「興味がないかどうかは、私が決めます。だから、教えてほしいです」

「…………」

髙村さんが首を縦に振る気配はまったく感じられない。……こんなに訊いてもだめなんだ。それは、どうして？

「……それとも、なにか私には教えられない理由があるんですか？」

――お願いだから、どんな形でもいいから否定してほしい。そうでなければ、萱さんが言っていたことが真実になってしまう。私が祈るように訊ねる。

髙村さんはしばらく黙っていた。おそらくどう答えるべきかを考えているのだと思う。

部屋の静寂が重い。彼の答えを待つ空白に圧し潰されそうだ。

「……そんなに知りたいなら」

長い長い間のあと、髙村さんが絞り出すような声で言う。

「そんなに知りたいなら、もう少し待ってくれ。近いうちにかならず教える」

目の前が真っ暗になったような気がした。できれば、私がいちばん聞きたくない答えが返ってきたから。

「近いうちに……今書いてるお話が完成するからですか？」

なんでそれを知っているんだ――と問いたげに、髙村さんが瞠目する。私の質問を肯定したのと同意だった。

やっぱりお話を書き終わったら、私とは別れるつもりだったんだ。

今まで頑なに書いた本を明かすことを拒んでいたのに、一転して完成したら教えると言い出すなんて――もう私と付き合うことの意味がないからとしか考えられない。

「私のこと、利用してたんですね。お話を書くために」

「……楓佳？　なにを言って――」

「お話を書き終わったら、私はもう必要ない。そういうことですよね」

口に出してみると、その響きがひどく悲しく、苦しく思えてくる。

……原稿が完成したら、フラれちゃうんだ。私とは本を書くうえで必要だから付き合っていた。それだけなのだから。

「――もういいです。髙村さんが私のこと、好きじゃないってことがよくわかりました！」

「楓佳！」

それまで散々押し込めていた不安や怯え、悲しみの感情が一気に弾けた。私は、珍しく声を張り上げて制止しようとする髙村さんに構わず、衝動のままに彼の家を飛び出した。廊下を駆け抜け、ちょうどよく当階に止まっていたエレベーターに飛び乗り、エントランスに降りる。

外に出ると、冷たい空気に身震いがした。いくら昼間とはいえ、一月の外気は冷たく、上着を着ずに出てきてしまったことを激しく後悔する。

……でも、啖呵を切って出てきてしまった手前、なにごともなかったかのようには戻れない。それに、私自身、頭を冷やしてこれからのことを考えたかったのもある。

とはいえ、持ちものはスカートのポケットのなかに入っているスマホだけ。お財布は彼の家なので、飲食店に入ることもできない。『Plumtree』ならマスターが気を利かせてくれて「お代は後日……」なんてことも可能かもしれないけど、それはそれで、この状況を説明しなければいけない気がして難しい。

……ならば、どうしようか。

あ、そういえば近くに大きい公園があった。髙村さんも散歩でよく通ると言っている。あそこには、無料のレストハウスが併設されていたはずだ。

この寒いのに、建物のなかに入れるというだけでもありがたい。私はスマホの地図アプリで公園を探しながら移動した。

レストハウスは、私の知っている場所で例えると大学の学食みたいだ。一瞬、居座るにはなにか注文しなければいけないのかと困惑したけれど、持参したお弁当を食べているお年寄りや、傍にあるコンビニで買ったお菓子を食べている学生の姿があったから、安心して窓際の席に腰を下ろした。

「…………」

暖房の効いた暖かい場所で、直前の髙村さんとのやり取りを反芻する。

彼はいかなるときも自分の書斎に私を寄せ付けなかったから、どんなに頼んでも、書いている本を教えてくれないかもしれない——という予感はあった。

それなのに、どうして『作品を書き終えたら教える』なんて言ったのだろう。

作品を書き終えたあとなら、ファンとの恋はもう要らない。私のことはカットアウトするつもりだったから、知られても構わない。……そんな気持ちでいるのではと勘繰ってしまう。

どうせなら、ずっと知らん顔をされたほうがまだよかった。髙村さんは、自分の作品を近しい人には絶対に見られたくない人なんだと思うことができたから。

今までの彼女とは三ヶ月ももたなかったのに、私とは五ヶ月以上も続いている。だから私と髙村さんは、これからもずっと一緒にいられる。そんな風に浮かれた私がバカみたいだ、と思う。

相手が私だから五ヶ月ももったんじゃない。髙村さんがお話を完成させるのにそれだけの期間が必要だったからなのだ。

恋愛初心者の私を翻弄した彼の数々のドキドキする行為も、すべて小説の材料にするためだったのだろうか。

だとしたら脱帽する。まったく好きではない女性にドキドキするような言葉を囁いたり、ハグしたり、キスしたりできるんだから。

私には無理だ。ドキドキする囁きも、ハグも、キスも。好きな人じゃなきゃ、感情がついていかないから。

「それくらい、仕事を大事にしてるってことか……」

音にならないくらいの微かな声でつぶやく。自分の感情なんて二の次になるくらい、髙村さんは仕事に夢中なんだ。そこまでできるなら、私とのデートを申し出てくれたのも、その後利用できると画策したからなのかもしれない。

――頭のなかが暗く淀んだものに満たされていく。彼のことは好きだけど、彼に利用されていると知って、このままお付き合いを続ける気にはなれない。

いっそ、私から別れを切り出そうか。彼のほうは、完成するまでは作品のブラッシュアップのためにも私と恋人でいたいはずだろうから。……でも好きな人に自ら別れを告げるのは苦しい。

とはいえ、すべてが終わって、髙村さんから別れを切り出されるのを待つなんて、それはそれで精神がもたない。終止符を打たれるとわかっていながら、好きな人の傍に居続けるなんて、あまりにも残酷だ。

どちらを選んでもアンハッピーな結末しかない二択に頭を悩ませていると、テーブルの上に置いていたスマホが震えた。ディスプレイが髙村さんからの着信を知らせている。

本音を言えば、今は電話を取りたくない気分だった。どうする？　気が付かないふりをしようか。

……いや、でもいつかは話さなければいけないのだ。逃げていても仕方がないか。

私はスマホを手に取り、通話の文字をタップした。

「もしもし……」

「どこにいる？」

繋がった直後、髙村さんが切羽詰まった声で訊ねた。

「──高層マンションの欠点はエレベーターがないとろくに移動できないことだな。楓佳が乗って行ったあと、なかなか来なくてずいぶんタイムロスした」

「……追いかけてくれたんですか？」

「くれた、じゃない。くれてるんだ。現在進行形」

返答する彼の息が弾んでいる。……あのあと、私を追って外に出てくれたんだ。

「どうして……」

「上着も着ずに出ていった恋人を心配するのに、説明が必要？　……周辺はだいたい探した。あと、楓佳が思いつきそうな場所は──近くの公園のレストハウスか」

「なっ、なんでそれを？」

「この寒さで外にいるのはキツい。財布を忘れた楓佳が入れるのは、ここくらいだ」

「えっ、ここって──」

まるで、レストハウスにいるみたいな言い方。反射的に入り口のほうを向くと、スマホを耳に当てた髙村さんが、こちらに視線を向けている。空いている手には私のコートがかけられていた。

私はその場に勢いよく立ち上がる。彼はそんな私を視界に収めたまま、やや早足にやってきた。私の目の前にやってくると、ぶっきらぼうに上着を突き出す。

「ほら帰るぞ、楓佳」

「髙村さん……」

「ちゃんと話をしよう。俺も、全部話すから」

いつになく、真摯な瞳で彼が見つめる。その目を見れば、「全部話す」との言葉に偽りはないのだろうと確信できる。

「……はい」

……帰ったら、私たちの関係は終わってしまうのかもしれない。

途方もない寂しさに苛まれる。私はコートを受け取って羽織ると、髙村さんに連れられて彼のマンションに戻った。


「楓佳はいつから気が付いていた？　俺が、久遠唯人だと」

ダイニングテーブルに向かい合う私と髙村さん。ふたりの手元には、淹れ直したコーヒーの入ったマグ。私が飛び出す前と同じ風景が、目の前に広がっている。

「……あの、萱さんとふたりだけの秘密ってことになってるんですけど……先週、彼女が訪ねていらっしゃったときに、教えてもらって。でも信じられなくて――少しの間だけ、書斎にお邪魔しました。そこで決定的証拠を見た、というか」

「萱か……」

勝手に書斎に入ったことを知ったらきっと怒られるだろう。でも、話をするうえでは正直に話さなければいけない。そう思ってびくびくしながら伝えたけれど、意外にも彼の表情は変わらなかった。

「それで、萱はなんて？」

「私が髙村さんの正体を知らなかったのもあって……髙村さんと付き合うなら、支える覚悟が必要だから、別れたほうがいいって。でも私、それは髙村さんと決めることだって反論してしまったんです。……そしたら」

「そしたら？」

『唯人はあなたを好きで付き合っているんじゃない。仕事のために利用しているだけなのよ』

萱さんの台詞が耳元で蘇る。私はスカートの上に置いた手をぎゅっと握り、意を決して訊ねた。

「髙村さん、いえ、久遠唯人さんにお訊きしたいんですけど……今書いているお話は、恋愛小説家とファンの女性の恋を描いたものなんですよね？」

「……ああ」

髙村さんが確かにうなずく。

「それを教えてもらったうえで、萱さんに言われました。髙村さんは私を好きで付き合っているんじゃない。作品を書くため——仕事のためにそうしているだけ。私は利用されているんだ、って」

本人を目の前にして核心に触れるのは、心がちぎれそうなほどつらかった。それを伝えたときの彼の反応が怖い、という側面もある。

「……そういうことか」

彼の表情は決定的な言葉をぶつけてもなお変わらなかった。なにを考えているのか、読めない。

……事実だから、否定できないのだろうか。なら私も、終わりに向かって舵を切るしかない。

「髙村さんがどうして私とデートするなんて言ってくれたのか、不思議でした。でも真実がわかって、腑に落ちました。髙村さんも言ってましたよね。恋愛は鑑賞するものじゃなくて、体験するものって」

――『ちゃんとした生身の恋愛をしてほしい』。大好きな小説と同じ台詞を入り口にして、私の知らない世界をたくさん見せてくれた髙村さん。そんな彼の顔を見つめていると、気持ちが高ぶってきてしまって、鼻の奥がつんと痛む。

……泣いたらいけない。最後くらいはきれいに終わりたい。私は意識的に明るい口調で続けた。

「最初は、付き合うってどういうことなのかわからなくて、戸惑ったりもしましたけど……なんだかんだで五ヶ月も髙村さんの彼女でいられたこと、すごく楽しかったですし、幸せでした。ありがとうございました」

言い終わって、頭を下げる。きちんとお礼が言えて満足だった。利用されていたのは悲しいけれど、彼と一緒に過ごした時間を忘れることはないだろう。少なくとも私は、彼の傍にいられて幸せだったから。

「待て。なんで勝手に終わらせようとしてる」

髙村さんの表情と口調が、焦りを伴ったものに変わった。

「本当はお話を完全に書き上げてもらうまで待ちたいところなんですけど、それは難しいので……だって、髙村さんにはビジネスの一環でも、私は本気であなたが好きなんです。だから、私に気持ちがないと知った以上、このままお付き合いを続けるわけにはいきません」

苦虫を噛み潰した顔をしている彼に、はっきりと告げる。きっと彼は、まだ私と別れるには早いと思っているのだろう。だからそんなに険しい表情をしているのだ。

私も久遠唯人のファンとして、作品の完成度が上がるのなら協力したい。でも、そのために自分の心までは殺せないのだ。

「いつ、楓佳に気持ちがないなんて言った？」

すると――ため息とともに、髙村さんが不機嫌に眉を顰めた。

「え？　……だって、髙村さんが私と付き合ってるのは、作品のためで」

「それは楓佳の決めつけだろう。俺はそんなこと、一言も言った覚えはない」

彼の言葉に絶句する。……え、そうなの？

わけもわからずぽかんと口を開けているしかない私を諭すように、彼が続けた。

「――いいか。本の話については、順序が逆だ」

「……逆？」

「そう。本を書くために楓佳と付き合ったんじゃない。楓佳と付き合ったから、本を書こうと思った。そう言えばわかるか？」

「あのっ、本を書くために付き合ったんじゃないってことは、私と付き合ったのは、普通に、私のことを好きだからって解釈していいんでしょうか……？」

「当然だろう」

「…………」

全身から力が抜けていく感じがした。私は萎れるようにテーブルに突っ伏すと、海の底よりも深いため息を吐き出す。

――髙村さんは私を利用するために付き合ったわけじゃないんだ。ちゃんと、私を好きになったから恋人になってくれた。改めてそれを確認したら、心身の強張りが一気に解けた。それにつられて涙腺も緩み、双眸から堪えていた涙がぽろぽろとこぼれ出す。

「……すみません……安心して……止まんなくなっちゃいました」

どうにか上体を起こし、指先で下瞼を拭ってみるけれど、両方の瞳から溢れたものはあとからあとから頬を、顎先を濡らしていく。

「楓佳」

髙村さんが私の名前を優しく呼んだあと、垂れたこうべを撫でてくれる。

「――悪かった」

「髙村さん……？」

これまで、彼に真面目なトーンで謝られたことなんて一度もなかった。だからびっくりして、涙はぴたりと止まってしまう。

「ちゃんとした生身の恋愛をしてほしいなんて、どの口が言うんだと思うよ。これまで何冊も恋愛小説を出してきたが、そんな俺がいちばん恋愛ってものを理解していなかったのに」

髙村さんはテーブルに視線を落とすと、考え込むように瞳を閉じた。

「書くのが楽しくて、夢中で書いているうちにヒット作に恵まれて、運良く人気作家の仲間入りをしたけれど——誰かを一途に愛することの充足感を知らない俺は、それっぽい言葉でまとめた、上っ面だけの文章しか書けなかった。それでも評価してもらえたのはうれしかったし、楓佳のように俺の本だから好きだと言ってくれる読者も増えた。……けど、その道のプロにはあっさり見抜かれたんだよな」

「見抜かれた？」

私が訊ねると、目を開けた彼がゆっくりうなずく。

「担当の萱にすぐ指摘されたよ。『あなたの作品は面白いと思うけど、恋人同士の自然な感情の描写に違和感を覚えるときがある。それが当面の課題』だと。心当たりがありすぎて、なにも言い返せなかった。……俺自身が今まで付き合ってきたどの女性とも、一緒にいて安らぐとか、心が弾むとか、そういう感覚を得ることができなかったから」

話を聞きながら、いつか話していた、『今の仕事を続けていくうえでの致命的な欠陥』というのは、このことだったのでは、と思い至る。

……知らなかった。素晴らしい恋物語を書く髙村さんが、そんな問題を抱えていたなんて。

そこまで言うと、彼は慈しむような目で私を見て微笑んだ。

「……でも、前にも言ったが楓佳は違った。楓佳が傍にいるだけでその場の景色が輝いてみえるし、一緒に過ごす時間はかけがえのないものになった。俺の書く小説のキャラクターたちが体感した『身を焦がすような』、『我を忘れるような』恋心を、楓佳のおかげで——俺も知ることができたんだ。だからそれを物語に起こせば、読む人の心を動かすことのできる小説になると確信した」

「……っ」

間接的に『身を焦がすような』、『我を忘れるような』恋心を私に抱いている——と告げられているようで、顔から火を噴きそうなくらい恥ずかしくなってくる。表情が緩んで、みっともない顔を見せてしまってはいけないと、私は両手で顔を覆った。

「……どうした？」

「た、髙村さんがそんなうれしすぎること言うから……どんな顔していいのか、わからないですっ。もう絶対、捨てられちゃうんだなって思ってたので……あ、これドッキリとかじゃないですよね……？」

「ドッキリにしておくか？」

「いやですよっ！　またそうやって意地悪言うっ……」

ぱっと両手を下ろして顔を上げると、向かい側に座っていたはずの髙村さんは、立ち上がった私のすぐとなりに移動していた。そして、私の身体を抱き起こすべく両手を差し出した。

「からかいがいのある楓佳が悪い」

促されるまま立ち上がると、彼はその場で私を抱き締め、その胸に私をすっぽりと収めてしまう。私は、細身でありつつも頼りがいのある体躯に身を預けた。

「──楓佳以上に夢中になれる女に出会える気がしない。だから、捨てたりなんかするわけないだろう」

ほんの少し前までは、もう彼の甘い囁きを聞くこともないのだろうと思っていたのに。彼の想いの深さが私を抱き締める腕の力強さや、耳に響く優しい声音から伝わってきて、胸がいっぱいになる。

「……うれしいです。約束ですよ？　……捨てたりしないって」

「当たり前だ。誓うよ」

髙村さんの両手が私の両肩にそっと乗った。

「――楓佳の唇に」

それからゆっくりと、彼の唇が私のそれに重なる。

「んっ……た、かむら、さ……」

口腔内を味わうようなキスは、次第に彼の高ぶりを示すように徐々に大胆なものへ変わっていく。やっと短いキスに慣れてきたところだから、ディープキスでの呼吸の仕方にはまだ戸惑う。息が我慢できなくなって、助けを求めるかのごとく、途切れ途切れに彼の名前を呼んだ。

「かわいい、楓佳」

唇を解放した直後、私の後頭部を引き寄せ、額にキスを落とす髙村さん。わざとちゅっ、と音を立てて、額から唇が離れる。その唇が、私の耳元でこう囁いた。

「このまま俺のものにしたい。……いやか？」

――!?

「い、いやなわけないですけどっ……あの——心の準備がっ……」

急展開に、身体のなかで心臓が暴れ出したのではと思うくらいに、バクバクと激しい音を立てる。

「まさかとは思うが、焦らして楽しんでるわけじゃないだろうな？」

「えぇ？」

「いったいいつまでお預けを食らい続けるんだ、俺は。……こんなに、楓佳を愛したくて堪らないのに」

「た……髙村さん……？」

照れながら彼の顔を見上げると、いつもの涼やかで意地悪な印象のある眼差しとは違う、情熱的でいて切なげなニュアンスをまとったそれが、私に注がれている。

「楓佳がほしい。こんなに誰かをほしいと思う気持ちは初めてだ。……大切にする。いっぱい甘やかして、かわいがって、忘れられない時間にするから」

くっきりとした二重の大きな瞳。黒々とした輝きが、私を捉えて離さない。

「——楓佳のすべてを俺に委ねて」

「……そんな言い方されたら、断れるわけないじゃないですかっ……」

——うれしすぎて。幸せすぎて。もしこれが物語のなかのできごとで、直後に脈絡なく後ろから撃たれたとしても、今なら許せる、と思った。この幸福すぎる状態で死ねるなら本望だ。

ううん。でもやっぱり死にたくない。だって――

「私も髙村さんに大切にされたいし、甘やかされて、かわいがられたいですっ……」

あわよくば、それは彼の温もりを知ったあとがいい。私のすべてを、髙村さんにも知ってもらいたいから。

「お願いします……私を、髙村さんのものにしてくださいっ……」

こんな恥ずかしい台詞、口にするだけでもどうにかなってしまいそうだ。けれど、彼も茶化さずに正直な気持ちを伝えてくれたのだから、それに応えたい。

「わかった」

「きゃあっ！」

私の返事を聞き届けた髙村さんは、なにを思ったのか身体を屈めて私の背中と膝裏に腕を回した。

「ちょっ、なにしてるんですかっ！」

「なにって、俗に言うお姫様抱っこだろう」

「いやいや、そういうことを訊いてるんじゃなくっ……！」

おっしゃる通り、この体勢はいわゆるお姫様抱っこに他ならない。ずっと前、彼にコーヒーをかけてしまったあの日にしがみ付いた逞しい腕は、私の身体を易々と抱き上げて彼の寝室へと向かう。

掃除でしか入ったことのないその場所は、彼のこだわりでキングサイズの大きなベッド以外の家具はなにも置かれていない。私はベッドの上に静かに横たえられる。

「……好きだよ、楓佳」

枕カバーもシーツもすべて白で統一された、ふわふわとして寝心地のいいベッド。掃除のたび、いつかこうして髙村さんの顔越しにこの部屋の天井を眺める日が来るのかも、とドキドキした。それが今、現実になっている。

「私も好きです、髙村さん」

髙村さんがベッドの上に乗り上がり、ふたりの唇がもう一度重なる。それを引き金に、私は得も言われぬ甘美な世界に誘われたのだった。

◆◇◆

「ついに楓佳ちゃんも髙村さんの秘密を知ったのかぁ」

数日後。仕事帰りに『Plumtree』に立ち寄ると、カウンターで楽しそうに談笑するマスター夫妻と髙村さんの姿を見つけた。私も髙村さんのとなりに座り、そのなかに交ぜてもらうと、マスターがにこにこして言った。

「マスターは知ってたんですね。髙村さんが、久遠唯人だってこと」

「うん、でも口止めされててね。だから楓佳ちゃんに久遠唯人の小説を勧められたときはドキドキしたよ。そのとき近くに本人が座ってたわけだし」

他にお客さんはおらず貸し切りのような状態だから、こういうデリケートな会話も安心して交わすことができる。確かに、マスターとそんな会話をしたことがあった。

「うちの奥さん、もともとは出版社の編集をしていて、髙村さんの担当だったんだ。僕が長年の夢だったカフェを開くにあたって手伝ってくれるってことで、そっちの仕事は辞めたんだけど……『ご近所ですし、仕事場所にどうですか』って、逞しくも営業かけたんだよねぇ」

マスターが横に立つ奥さんを一瞥してから言うと、奥さんはふふっと品のいい笑みをこぼした。

「久遠先生は絶対に外でお仕事したほうがいいわ。だって、放っておいたら根詰めすぎて病院送りになっちゃうくらいなんだもの。電話が繋がらないのを不審に思ってすぐに自宅に駆け付けられたからよかったものの、誰かしらの目の届く場所で監視してないと」

目覚めたら病院だったというエピソードは、本人の口から聞いたことがある。それはマスターの奥さんが担当さんだったときのできごとだったんだ。奥さんは当時のことを思い出しているのか、困ったような笑顔で髙村さんを見つめる。

奥さんの、久遠先生って呼び方が新鮮だ。カフェでは大っぴらに有名小説家の名前を口にできないのだろうけれど、担当さんだったときはそう呼んでいたのだろう。

「でも今は、楓佳ちゃんがいるから大丈夫ですよね」

マスターが私と見比べながら髙村さんに訊ねる。その視線はからかうようにちょっと意地悪だ。

「……ええ、まあ」

「あら、照れてるんですか？　そういう反応、新鮮でいいですね」

咳払いをする髙村さんを見て、奥さんもなんだかうれしそうだ。

「……楓佳には感謝してますよ。仕事の休みの日にわざわざ家に来てくれて、身の回りのことをすべて請け負ってくれて。申し訳ないくらいです」

髙村さんはとなりに座る私少し身体を向けつつ、改まった口調で言った。

そんな真面目なトーンでお礼を言われることはあまりないから、こちらのほうが慌ててしまう。私は両手を振った。

「いえ、私、好きでやってるのでそんな風に思わなくて大丈夫です。高村さんが仕事第一なのはわかってますし、仕事の次ぐらいに時間を割いてもらえれば、それで十分ですから」

「本当、楓佳ちゃんって健気で素敵な女性よね。作家のパートナーにはぴったりだわ。……あなた、だから私の勘は正しかったでしょ？」

「ああ、そうみたいだね」

私の言葉を聞き届けると、マスター夫妻が意味深にうなずき合う。

「高村さんと楓佳ちゃんはきっと合いそうねって話をしていたの。なにかのきっかけでお互いを紹介できたらいいと思ってたけど、ふたりともひとりの世界を楽しむタイプだから、なかなかタイミングが難しくて」

「僕らも頭を悩ませていたところで、あのコーヒー事件があったわけだよね。楓佳ちゃんは相当慌てただろうけど、僕は内心でガッツポーズしていたくらいだよ。実際、あのあとからふたりはよく話すようになったからね」

「……そんなたくらみがあったなんて気付きませんでしたよ」

驚いて大きな瞳をぱちくりと瞬かせる髙村さんに完全同意だ。まさか、マスター夫妻が揃って私たちをくっつけようとしていたとは。

……だから私がお店を訪れるたびに、髙村さんの来店情報も教えてくれていたのか。やっと腑に落ちた。

「あら、編集者として、期待している作家にはよりいい作品を書いてほしいものでしょう。歴史に名を残す大作家には縁の下の力持ちの奥様がいらっしゃるものなの。久遠先生と楓佳ちゃん、ふたりの空気感ってすごく素敵よ。このまま結婚しちゃえばってくらい」

「けっ……！」

――結婚⁉ いやいや、さらっとおっしゃいましたけど……それはさすがに早すぎるのでは……⁉

「楓佳はすぐ真に受けるから、からかわないでください。……ほら、楓佳。まだオーダーが済んでない。今日はなににするんだ？」

ドキドキするあまり言葉を失っている私に、髙村さんが冷静にオーダーを促した。

「あ、はい……えっと……じゃあ今日は、アールグレイとオムライスで……」

「はーい、用意しますね」

奥さんは私たちにいたずらっぽい視線をくれてから、厨房に入っていった。

……そ、そうだ、ただの冗談なのに——髙村さんの言う通り、真に受けてしまって恥ずかしい。熱を帯びた両頬をクールダウンさせるみたいに、軽く押さえる。

「ま、とにかくふたりとも、これからも仲良くね」

「はい」

となりに座る大好きな人と顔を見合わせたあと、私たちはマスターに明るくそう返事をした。

◆◇◆

——そして三月。桜の季節に向け、徐々に寒さが引いていくころ、ついに髙村さんの努力が実を結ぼうとしていた。

「……へぇ、いいじゃない」

完成した原稿をチェックしにきた萱さんが、ダイニングテーブルの椅子に座り込んで読み込むこと二時間。ようやく発した言葉がそれだった。

「リアリティを求めて執筆したかいがあったってことよ。すごくいい」

「それはどうも」

足を組んでソファに座っていた髙村さんが、離れた場所から彼女にお礼を言う。

「そういう意味では、立花さんはとても役に立ってくれたってわけね。……でも、これでお役ご免かしら？」

「………」

萱さんは、カウンターキッチンで紅茶を淹れ直している私を向いて、もはや敵意を少しも潜めることなくそう言ってのける。

私が髙村さんに利用されているという話を聞いて以来、彼女と顔を合わせるのは初めてだった。というのも、髙村さんの計らいで、萱さんの持つ合鍵を回収し、彼女との用事はなるべく外で済ませてくれるようになったからだ。

合鍵に関しては、なんだかんだと理由をつけて手放したくなさそうだったようだけれど、私を勝手に書斎へ入れたことを抗議すると、しぶしぶ返してくれたようでよかった。彼女の『私が責任取る』との言葉を逆手に取ったわけだ。

で、原稿ができたと聞きつけるや否や、彼女はマンションまで飛んできた。このご時世、わざわざプリントアウトしたものを取りに来る必要なんてないはずなのだ。ネット環境さえあればいくらでもデータでやり取りができるのに。

私は密かに、萱さんは髙村さんを好きなのではないかと思っている。やたらと髙村さんの世話を焼くのも、女性とのお付き合いに意見するのも、当初は髙村さんの言う通り担当編集としての仕事の一部なのだと思った。けれど、私の女性としての勘がそれに異を唱えたのだ。やっぱり、どう考えても仕事の範疇を超えている。

もしそうなら、私に対して急に挑戦的な態度を取ったのも、なにかにつけてこの家に入りたがるのも理解できる気がした。

多分、萱さんはこれまで、髙村さんが女性と長続きしないことに安心していたのだと思う。けれど、私が現れたことで状況が変わった。

よくよく思い返してみると、髙村さんは萱さんの目の前で『楓佳はこれまでの女とは違う』と断言してくれていた。それを聞いた萱さんはひどく焦ったのだろう。だからあのとき、わざわざ髙村さんの不在を狙って私と話をしにきたのだ。……私が自分から彼と別れる決意をするように仕向けようと。

ただ、こればっかりは彼女のみぞ知ることだ。私は高圧的な視線を送ってくる彼女に、ゆっくりと首を横に振った。

「……いえ。私はこれからも、髙村さんを陰ながら支えさせていただこうと思っています」

「まだそんなこと言ってるの？」

バカバカしい――と言いたげに、萱さんが鼻で笑った。

「唯人は才能に溢れたベストセラー作家よ。その辺の男とは違う。あなた、自分が本当に彼のとなりにいる女性としてふさわしいと思ってる？」

「……………」

そう訊かれてしまうと、自信を持って「はい」とは答えられない。

私は髙村さんと違って、どこにでもいる普通の女だし、特別な存在である彼とは到底釣り合わないのかもしれない。

でも私は彼を好きで、彼は私を好きでいてくれている。その事実だけで十分なはずだ。

「ふさわしいよ。だから一緒にいる」

躊躇する私の代わりに、髙村さんが答えてくれた。すると萱さんの矛先が、今度は彼へと向けられる。彼女は椅子から立ち上がり、キッと彼を睨みつけた。

「唯人まで――あなたもどうかしてるわ。以前言ったでしょう、どこにでもいそうな平凡な女にだけは引っかからないでって」

「それは俺が決めることだとも言ったはずだが」

髙村さんの口調は淡々としているけれど、絶対に譲らないと示すような意志の強さが感じられる。きっと、私よりも彼と一緒にいた時間の長い萱さんにも、それは伝わっているはずだ。

「っ……どうしてよ！　そんな女のどこがいいの⁉」

両手をわなわなと震わせたかと思ったら、萱さんはその手をぎゅっと握って喚いた。

「いい加減に私を見てほしいのに！　私なら、あなたを公私ともに支えられるわ。あなたの作品のいちばんのファンは私。あなたの小説のいいところも悪いところもすべて把握しているのも私なのよ！　そんな私こそ、あなたの恋人にふさわしいとは思わないの？」

溜め込んでいた感情をぶつけるかのごとく、身も世もなく叫ぶ萱さん。

――私の勘はやっぱり当たっていた。萱さんが髙村さんをこれほど気にかけていたのは、仕事のためだけじゃなかった。髙村さんの恋人になりたかったからなんだ。それをずっと言えずにいただけ。

「悪いが、萱の気持ちには応えられない。……俺は萱を恋愛対象として見たことはない。いろいろと世話を焼いてくれたことには感謝をしているし、仕事のパートナーとしてはとても頼りにしているが、それだけだ」

高村さんは萱さんの告白にも動じることなく、きっぱりと言い切った。

「それに、散々話をしている通り、俺には楓佳がいる。楓佳以外の女と付き合うつもりはない」

「心変わりしないなんて言い切れるの？　これまでどんな女性とも上手くいかなかったあなたが？」

「くどい。楓佳は今までの女とは違うって話はもうしてあるだろう」

いっそ冷たいくらいの言い方に聞こえるけれど、高村さんはおそらく、敢えて期待を持たせないようにそうしているのではないだろうか。彼は思ってもないことや、お世辞を言えない人。変に可能性を残すような表現をするのは残酷だ、と考えているのかもしれない。

一縷の望みも繋ぐことのできない萱さんは、しばらく唇を嚙んで考えを巡らせていたようだけれど、高村さんの意志を覆す方法がないと知ると、諦めたのか椅子にかけていた上着を羽織り、帰り支度を始める。

「……わかったわ。そんなにその女がいいなら好きにしたらいい。後悔して泣きついてきたって遅いんだから！」

私を顎で示したあと、萱さんは背凭れに置いていたバッグをひったくるように手に取り、玄関に向かって駆け出した。外扉が乱暴に開け放たれ、すぐに閉まった。

「……すみません、髙村さん」

ふたりきりになった部屋。もうその必要はないと知りつつ、萱さんのために淹れた紅茶をダイニングテーブルに運んだ。そして、ソファに座る彼の前に移動して謝った。

「どうして楓佳が謝る？」

「だって……大切なお仕事のパートナーと揉めさせてしまっているのは、私ですから」

「別に楓佳が悪いわけじゃない。俺も萱に甘えすぎていたのがよくなかった。もっと境界線をはっきり引くべきだったんだ。そういうことの積み重ねで萱に気を持たせてしまったなら、俺のせいになるだろうし」

「まぁ、それはあるかもですね。髙村さんと萱さんの関係って、初めは仲良すぎるんじゃないかって思ったりもしました。身の回りの世話までさせてもらったら、女性としては特別なのかもって期待しちゃいますよ」

ずっと気になっていたことを、この際だからと指摘してみる。すると、彼は難しい表情を浮かべて首を傾げた。

「……俺は全然、そんな風には考えてなかった」

「萱さんの気持ち、気付いてなかったんですか？」

傍目からでも気付いたのに——と暗に訴えるけれど、髙村さんは首を横に振る。

……観察力があると思いきや、鈍感な部分もあるみたいだ。

私は彼のとなりに腰を下ろして、やれやれとため息を吐いた。

「お仕事、やりづらくならないといいんですけどね」

「萱だってプロだ。仕事に私情を持ち込んだりはしないだろう」

「ですね。髙村さんの作品の『いちばんのファンは私』っておっしゃってましたから」

そんな風に言い切れるくらいなら、心配はないのかもしれない。本好きとしては、好きな作家には素晴らしい作品をどんどん書いてほしいと思うものだろうから。

「……でも私も、髙村さんの作品に対する愛情は負けないつもりですけどね」

自宅の本棚を思い浮かべて私が言った。アドバイスや的確な批評はできないけれど、気持ちだけでも『いちばんのファン』でありたい。

「作品だけか？」

すると、横から思わぬ角度からの突っ込みが入る。彼の顔を見つめると、意地悪な視線が別の答えを要求してくる。

「さ……作品だけじゃなくて、もちろん……髙村さん本人に対する愛情も、です」

「正解」

短く言って笑った髙村さんが、私の肩を押して、ソファに組み敷こうとしてくる。

私は抵抗の意味を込め、彼の胸を軽く押し返した。

「ちょっと……え、このまま、ですか?」

「いやか?」

「その訊き方、ずるいです。いやじゃないですけどっ……まだお昼ですよ?」

大好きな恋人に求められて「いや」とは答えられない。でも、そういう雰囲気になるには早すぎる時間帯なのではないか。

「好きな女を抱くのに時間は関係ないだろう」

飄然と言ってのけながら、彼の唇が私の額や頬を経由して、首筋に触れる。

「そんなぁっ……髙村、さんっ……!」

くすぐったさと恥ずかしさで声を震わせながら彼の名前を呼んだ。

初めて彼と結ばれて以降、たびたびこうして求められ、蜜のように甘く蕩ける時間を共有しているけれど、未だに慣れることなく、全身から火を噴きそうになるくらい恥ずかしい。

高村さんにも、内心ではいい加減に慣れろと思われているかもしれないけれど、今のところは「楓佳らしい」と面白がってくれているから、セーフなのだろうか。

高村さんは私を愛おしげに見つめると、ふっと優しく微笑んだ。

「やっと、自分で満足できる作品を書き上げることができたんだ。そのきっかけをくれた楓佳なら、このよろこびを分かち合ってくれると思ったんだが」

「……またそうやってずるい誘い方するっ……」

——そんな風に言われたら、うれしくて拒めるわけない。

「——分かち合いたいですけど、高村さん、読ませてくれないじゃないですか。まだ世に出てない作品を真っ先に読ませてもらえるって、ぬかよろこびしちゃいましたよ」

原稿が完成したと聞き、よもや最初の読者になれるのではと期待したけれど、その座はあっさり萱さんに奪われてしまったのが悔しい。

「原稿はできたが、今後直しも入るだろうからな。楓佳にはきちんと形になったものを渡すよ」

「……仕方ないなぁ、約束ですよ？」

本当は萱さんより早く読みたかった——という嫉妬心が湧かないでもないけれど、

高村さんが納得いく形で私に見せたいというのなら、それでもいいか。

「ああ。約束する」

彼は確かに宣言すると、会話を打ち切るようにまた唇を重ねてきた。

失礼で、変で、ちょっと面白くて意地悪で……でもいざというときには優しい高村さん。そんな彼と私の恋物語が私の手元に届く日を夢見ながら、私は彼の温もりに抱かれ、しばしの幸福に包まれるのだった。

エピローグ

「楓佳ちゃんが結婚して退職⁉」

今となっては、梅田さんと小嶋さん、そして私の三人だけになった、会議室でのランチタイム。昼食をあらかた済ませたあと、狭い部屋に彼女たちのきれいなユニゾンが響いた。

「あ、えっと……はい。ご迷惑おかけして申し訳ないですが、課長にはこれからお話しします。可能なら、翌々月末退職でご相談できたらと……」

「翌々月末――八月末ってこと？」

季節は巡り、梅雨入りを控えていた。私がうなずくと、梅田さんが悲痛に顔を歪める。

「えー、楓佳ちゃんが辞めちゃうのが寂しいのももちろんだけど、結婚っていうのにもびっくりした！　事前に教えてって言ったじゃん、心の準備が……！」

「確かに。彼氏がいるって話も初耳だしね」

「すみません、結婚の話は急に決まったので」

動揺する彼女たちに、申し訳ない気持ちが募る。まさか私自身も、こんなに早く結婚することになるとは思っていなかった。

「急に？　また、彼氏が転勤するからそれに付いていくとか？」

「あ、いえ。そういうんじゃないんですけどね……」

「わかった、家族絡みの事情でしょ？　お祖母ちゃんが元気なうちにウェディングドレス見せたい、みたいな」

「そういうのでもないんです」

「彼の住んでる部屋の契約の更新が迫ってて、『せっかくだから一緒に住もう』ってなった、とか」

「違いますね」

先輩方ふたりと私の間で、結婚に至る理由当てクイズのようなものが始まったようだ。私は繰り出される回答ひとつひとつに答えつつ、つい先日――唯人さんからプロポーズを受けたときのことを思い出した。

「またここに連れてきてもらえてうれしいです」

そのとき、私たちは最初のデートで訪れた海辺のレストランにあるテラスで食事をしていた。

唯人さんとお付き合いして十ヶ月。こんな風に外でデートをしたことなんて、片手で収まるくらいしかないから、ドライブの行き先がここであると知った時点でとてもうきうきしていた。

「そうか」

「眺めもお料理も最高ですし、大好きな小説に出てきたお店ですから。また来られたらいいなと思ってたんです。……本当、どれも全部おいしかった」

特等席であるテラスからは美しいサンセットの眺め。テーブルの上には、コース料理の最後に出てくる紅茶と焼き菓子が並べられている。お腹いっぱいだけど、頑張れば食べられそうなサイズなのでついつい手が伸びてしまう。……明日、体重計に乗るのが怖いけど、たまにだからいいか。

「そんなによろこんでくれると、連れてきたかいがある」

「唯人さんとお出かけってだけでも、かなりテンション上がってますけどね」

『唯人さん』という名前での呼び方も、しばらくの間はくすぐったかった。けれど、今ではむしろ『髙村さん』に違和感を覚えるのだから、不思議なものだ。好きな人を下の名前で呼べる距離感の近さは、ささいなことだけど日ごろから感じることの出来る幸せのひとつだ。

「――楓佳」

「は、はい」

おもむろに、唯人さんが私の名前を呼んだ。かしこまった響きに背筋が伸びる。

「いつか約束したの、覚えてるか？　楓佳のことを書いた話、きちんと形になったら見せるって」

「もちろん、覚えてますよ。……小説って、実際に書いてからどれくらいで本になるものなんでしょうか？」

私のように本になってからその商品を知る人間にとって、出来上がるまでのタイムスケジュールは謎に包まれている。萱さんが読んだ原稿が完成形になって書籍として書店に並ぶまでに、どれくらいの時間を要すのだろう。

唯人さんくらいの作家さんなら、出版社のウェブサイトに大きく刊行予定が載るだろうけれど、私は積極的に調べるのを控えた。この特別なお話だけは、前情報を仕入れずに読みたいとの思いがあったから。

「ようやく本になった。来週には本屋に出回る」

言いながら、彼は傍らに置いていたバッグのなかから一冊の本を取り出した。

「あっ！」

私は短く叫んで、その本に手を伸ばす。

「素敵な装丁。きれいな夕焼け」

ハードカバーのその本は、このテラス席から眺めるサンセットのように、淡い空の水色から太陽の橙へのグラデーションに彩られている。

表題は『Plumtreeで君を待つ。』これの意味するところが一瞬でわかるのは、私がこの物語の当事者だからだ。唯人さんは、私と彼が出会ったあのカフェの名をタイトルに付けたのだ。

「すごい。私今すごく感動してます……！」

このラグジュアリーなレストランの景色も料理も大変素晴らしかったけれど、今日いちばん私の心をときめかせてくれたのはこの本であることには違いない。

「最初のほうのページを捲って」

「……？　はい」

言われるがままに表紙を捲り、本文に入る直前のページを開いてみる。そこには、中央にこう書かれていた。

『――この本を、最愛の妻・楓佳に捧ぐ』

「……っ、ま」

思わず声に出して読んだ。

「え、妻って……？」

私にはあまり親和性のない単語に戸惑うと同時、その意味を考える。ほとんど時間を要さずに答えは出た。妻とは、奥さんのこと。

「俺と結婚してほしい」

もしかして、との考えが過った瞬間、唯人さんがそのまま言葉にしてくれた。彼は角を挟んだとなりの席から、私の顔を穏やかな表情で見つめている。

「楓佳は俺に、これまで俺が見たことのない景色をたくさん見せてくれた。この作品を満足いく形で書き上げることができたのも、楓佳のおかげだ。……これからもずっと、変わらずに俺の傍にいてほしい」

――このまま身体が浮き上がって、どこかに飛んで行ってしまいそうだ。胸が苦しくて、でもとびきりうれしくて、目頭がじわりと熱くなる。

「楓佳、答えは？」

「……いいんですか？　私が唯人さんの奥さんになっても」

なんだか信じられない。お互いに好きで信頼関係を築いているからこそお付き合いをしているのだけれど、結婚は私のいる世界とは別次元の催しであるような心持ちでいたから、まだ現実のこととして受け止めきれていない。

「もちろん。だからこうして、プロポーズしてる」

「ぷ、プロポーズ……ですよね。これ、プロポーズですよねっ？」

私、男の人にプロポーズされてるんだ。それも、私が好きで好きで堪らない人に。

「そう言ってる。……ついでに、楓佳がよろこびそうな話をひとつすると、前に楓佳がどうしても俺が書いてる本が知りたいってせがんできたことがあったな。あまりにも粘るから、この話が完成したら教えるって伝えたこと、覚えてるか？」

「はい、それはもう」

忘れるわけがない。だって私は、あの言葉で「お話を書き終えたら捨てられてしまうのかも！」と不安になったのだから。

「あれが、完成した本を渡してプロポーズするためだったとしたら、どうする」

「………」

それはつまり、あの本を書き始めたころには、すでに私にプロポーズすると決めていた、ということになる。

「えっ……それ、本当ですか？　そんなに早く？」

――だからあんなに渋っていたんだ、とようやく合点がいった。

唯人さんはそんなに早い段階から、私との将来を見据えてくれていた。それまで女性と三ヶ月も続いたことがなかったという唯人さんが。

驚きとよろこびがクラッカーのように勢いよく弾ける。私は本を胸に抱いて彼に頭を下げた。

「ありがとうございます！　……私、今までの人生でこんなにうれしいって思ったことないです。こんな私で良ければ、末永くよろしくお願いします」

さっき彼は、私に知らない景色を見せてもらったと話していたけれど、私にそれを見せ続けてくれていたのは唯人さんのほうだ。彼と出会っていなければ、私は生身の恋愛というものを今でも知らないままだったかもしれない。恋愛の甘さも苦さも、全部彼が教えてくれた。

顔を上げると、彼が優しく微笑んでいる。抱いていた本をテーブルに置くと、カバーの題字を視線でなぞった。

「久遠唯人の新刊というだけでも楽しみなのに……読むのがもったいない気さえしますね」

「そう言わずに、せっかく書いたんだから読んでもらわないと。……最終的には、あの萱もようやく楓佳の存在を認めたくらいの良作なんだからな」

「えっ、そうなんですか？」

私が彼女の姿を見た最後は二月、この本の初稿が上がったころ。そのときの彼女は、唯人さんにはふさわしくないと激昂していたはず。

「『彼女への気持ちが本物だって言うのは文章の端々から伝わってきて悔しい』って。俺もこうしてプロポーズすることは伝えてたから、さすがにもう諦めるだろう」

「……ますます読むのが楽しみになりました」

あの頑なな萱さんが私を認めてくれた――なんて聞くと、よっぽど甘くてロマンチックなことが書かれているのではと期待してしまう。

聞くところによると、彼女はまだ唯人さんに未練があったみたいだけど、さすがに私たちが結婚するとなれば、身を引いてくれるはずだと信じている。仮になおも果敢にアタックしてきたとしても、この通り唯人さんはまったくなびかないので、安心してよさそうだ。

「それにしても、大胆ですね、唯人さん」

「なにがだ？」

「まだプロポーズを受けてもないのに、本のなかに『最愛の妻』だなんて……もし、ですよ。私がプロポーズをお断りしてたらどうしたんですか？」

本のなかに見つけたうれしいサプライズをよろこびつつも、ちょっと意地悪な質問を投げかけてみる。

「断るつもりがあったのか？」

「いえだから、もし、です。仮定の話ですけど」

「そんな仮定はあり得ない。楓佳が俺のプロポーズを断るわけないと思ってたから」

「相変わらずのすごい自信ですね」

――彼の言う通り、断るなんて発想はまったくなかったけれど。それにしても、あり得ないなんて言い切れるのはすごい。

「だって俺のこと、好きなんだろう？」

揶揄めいた口調で、唯人さんが訊ねる。私を見つめる大きな黒い瞳は、ちょっと傲慢に鋭く光った。

「……はい。悔しいですけど、好きですね。唯人さんが好きです」

私は少しも抗うことなく認めた。だって、私は唯人さんに恋をしている。それは覆りようのない事実なのだから。

唯人さんの奥さんになりたい。私は近い未来に訪れるだろう彼との甘い生活に思いを馳せながらうなずいた。

「難しいなぁ、正解はなに？」

梅田さんが降参する。結婚に至る理由当てクイズは、とうとう正解が出なかった。

「彼のサポートに徹することにしたんです。彼、かなり激務で、睡眠時間と食事の時間以外はほぼほぼ仕事をしているような感じなので」

プロポーズをお受けしたあと、唯人さんとこれからの生活についての擦り合わせをした。彼は今後、もっとたくさんの物語を書いていきたいのだという。そこで、ひとつお願いをされた。

私さえよければ、会社を辞めて家庭に入ってほしい――と。

彼にとって、週末に私と過ごす二日間はとても心地よく、リラックスできる時間なのだという。平日も同じような環境で仕事ができればうれしいけれど、あくまで私が賛成してくれたら……ということだった。

今の会社は居心地がいいし、仕事内容も自分に合っていると思う。だから辞めたくないという気持ちもあるにはあるけれど、それよりも『久遠唯人』をもっと支えたいという思いが急速に膨らんでいることに気が付いたのだ。

経理の仕事は代わりが利く。でも『久遠唯人』のサポートは、私にしかできないことであると、個人的には思っている。

『歴史に名を残す大作家には縁の下の力持ちの奥様がいらっしゃるものなの』

いつか『Plumtree』のマスターの奥さんが言っていた。彼には、仕事だけに集中してもらえる環境が必要であるのは間違いないだろう。

彼により素晴らしい作品を生み出してもらうためにも、仕事を辞める決心をしたのだ。そして、退職と同じタイミングで、唯人さんと入籍するのを目標に、お互いの家族のもとへ挨拶に行く予定を立てている。結婚式についてはそれらと彼の仕事が一段落してから考えるつもりだ。

「つぐみちゃんに続いて楓佳ちゃんもか～。おめでたいけど、やっぱり寂しいねぇ」

言葉通り、小嶋さんが寂しそうにつぶやく。

そのつぐみちゃんにも、昨日の夜にメッセージアプリで同様の報告をさせてもらった。まるで自分のことのようによろこんでくれた彼女は、「ぜひ楓佳ちゃんの婚約者にご挨拶したいなぁ」と言っていたので、唯人さんに話してみたら、彼も意外と乗り気だった。

久遠唯人のファンである彼女に、唯人さんの正体を明かすべきかは悩むところだけど、つぐみちゃんなら口が堅そうだし、問題なさそうな気もする。……きっと、すごく驚くに違いないけれど。

「──しかも、そんなに忙しいってことは、仕事がデキる彼なんだ」

「いったいどこで出会ったの？　そんな素敵な人と」

私の行動範囲が狭いことを知っている梅田さんが、不可解であるとばかりに訊ねる。

「同じカフェの常連同士だったんです。私がうっかり彼にコーヒーをかけてしまって、それがきっかけで話すようになって、いろいろ相談とかもできるようになって」

「なにそれ、小説とかマンガの世界だね。羨ましいっ」

小嶋さんが深い意味なく発しただろう言葉が的確すぎて、ちょっと面白かった。

そう。私と唯人さんのラブストーリーは、もうすぐ全国の書店に出回ることとなる。

いつか久遠唯人が書く小説みたいな恋愛がしたいという夢を、こんな形で叶えることができたなんて……自分でも未だに夢じゃないかと思ったりする。

唯人さんにもらった本は、やっぱりもったいなくてまだ一ページも読んでいない。出荷されればレビューも出るだろうし、そうなる前には余計な情報をシャットアウトして読み終えたいと思っている。

物語のなかの唯人さんに、私に、会えるのが楽しみだ。

「いいなあ。すっごく幸せそうな顔してるよ。私も恋愛したい！」

「見せつけてくれちゃって～」

「あ、いえ、そういうつもりじゃ……！」

いけない、いけない。油断するとすぐに顔が緩んでしまう。

先輩方から指摘を受けて表情を引き締めると、私は空になったお弁当箱を保冷バッグのなかに入れ、退室の準備を始める。

唯人さんの本ももちろん楽しみだけど、これから先もずっと続いていくだろう、もうひとつの物語にもわくわくしていた。

愛しい彼の『最愛の妻』となった自分を想像してみる。

きっとそこにも、恋愛小説みたいな甘いときめきや、心地よい安らぎが待っているのだろう。ときには、ほろ苦いケンカもあるかもしれない。それらをすべてひっくるめて、待ち遠しいと思う。

夫婦となった私たちは今後どんな軌跡を辿るのだろう。彼との恋物語の本当のエピローグは、まだまだ遠そうだ。

あとがき

こんにちは、もしくはこんばんは。小日向江麻《こひなたえま》です。このたびは『小説家は初心な妻に容赦なく情愛を刻み込む』をお手に取っていただき、まことにありがとうございます！

マーマレード文庫さまでは三冊目になるこちらのお話は、いかがだったでしょうか？

これまで他社さま含めまして、社長さん・御曹司のヒーローを多く書かせていただいているなか、たまには変わったお仕事をしているヒーローを書きたいとプロットを立てたのですが、最終的に恋愛小説家という比較的王道なところに着地した次第です。

この恋愛小説家という設定、ぜひ書いてみたいなと思ってたんですよね。ヒーローも、こう一筋縄ではいかないようなちょっと変わった感じで。ヒロインのことをちゃんと想っているけれど、普段の態度では示さずに、小説家らしく物語で伝えるっていうのはどうだろうか——と、ほぼほぼ考えていたことは反映できた気がします。

その想いをしたためた物語の内容（文章）を作中に出そうかどうか迷ったのですが

……権威ある賞の受賞歴のある大人気恋愛小説家で、真実の愛に目覚めたというブースト状態の久遠唯人が書きそうな文というのを、表現できる気がしなかった（！）ので、みなさまそれぞれ想像のうえ補完していただければ幸いです……！

話の本筋とはまったく関係ないのですが、このお話ではヒーローがコーヒー党、ヒロインが紅茶党ということになっています。ちなみに私はどっちも好きです。

昔は紅茶党でコーヒーが苦手でしたが、ある日突然コーヒーに目覚めてからはむしろコーヒーばっかり飲んでいます。基本的にブラックですが、某コーヒーチェーンさんで限定のフローズンドリンクが出ると無性に飲みたくなるのはなんなのでしょうね。脳に直撃する糖分が気持ちいいので、カロリーが……と思ってもつい買ってしまいます。そういう方、きっと多いですよね。

さて、最後になりましたが、担当編集さま、編集部のみなさま、クールでカッコいい唯人&ほんわかかわいい楓佳の表紙を描いてくださったカトーナオさま、この作品にかかわってくださったすべての方々にお礼申し上げます。またこうして作品を本にしていただける感謝でいっぱいです。ありがとうございました。

ではでは、またお会いできることを願って！

（好きな紅茶はラプサンスーチョンの）小日向 江麻

marmalade bunko
マーマレード文庫

小説家は初心な妻に容赦なく情愛を刻み込む

2022年7月15日　第1刷発行　定価はカバーに表示してあります

著者　小日向江麻　©EMA KOHINATA 2022
編集　株式会社エースクリエイター
発行人　鈴木幸辰
発行所　株式会社ハーパーコリンズ・ジャパン
東京都千代田区大手町1-5-1
電話　03-6269-2883（営業）
0570-008091（読者サービス係）
印刷・製本　中央精版印刷株式会社

ISBN-978-4-596-70963-9

m a r m a l a d e b u n k o